Heinrich Ferdinand Möller

Wilkinson und Wandrop

ein Schauspiel in fünf Aufzügen

Heinrich Ferdinand Möller

Wilkinson und Wandrop
ein Schauspiel in fünf Aufzügen

ISBN/EAN: 9783743643734

Hergestellt in Europa, USA, Kanada, Australien, Japan

Cover: Foto ©Andreas Hilbeck / pixelio.de

Weitere Bücher finden Sie auf **www.hansebooks.com**

Wikinson und Wandrop

ein

Schauspiel

in

fünf Aufzügen

von

Heinrich Ferd. Möller.

Frankfurt am Mayn,

in der Eßlingerischen Buchhandlung

1 7 7 9.

Einer

sämtlichen hochlöblich
und
preißwürdigen

Kauf = und Handelschaft

dieser

des Heil. Röm. Reichs freyen Wahl= und
Handelsstadt

Frankfurt

am Mayn

Seinen

theuren und verehrungswürdigen

Gönnern und Beschützern

widmet

Dieses Schauspiel

in aller Unterwürfigkeit

Der Verfasser.

Vorrede.

Auch in diesem 1779ten Jahre er=
schein' ich mit einer neuen Ge=
burt. Ob mein Kind gut gera=
then? — das soll — nicht Recensent allein —
sondern auch das Urtheil eines gütigen und un=
partheiischen Publikums entscheiden. Für letz=
teres schrieb' ichs: dachte dabey — als Schau=
spieler — mehr auf die Vorstellung des Stücks,
als aufs Lesen desselben. Es gibt herrliche
Stücke, die auf der Bühne weniger Wirkung
thun, als im Lesen. Ich hoffe das Meinige
soll — wo nicht ganz frei — doch freier von
diesem Fehler seyn, als manches andre. —

Aber

Vorrede.

Aber traurig bleibts doch immer, daß wann ein Schauspieler eine schöne dialogirte Scene, mit aller Freiheit und Richtigkeit herdeclamirt, man ihn — bey aller Anstrengung seiner Stimme — doch kaum vor'm Gemurmel und Gesumse des Parterre und ... durchhören kann. Was eine einzige wahre Sentenz, eine einzige wahre Stellung — das Ausharren einer frappanten Situation thun kann — wie's schlägt und greift, und hinreißt: Wer weiß das nicht?

Ich bin bey diesem Stück mehr dem allgemeinen Geschmack, als der Mode gefolgt, deren Fahne, beinah' alle Woche, andern Wind zeigt. Meine Karaktere handlen — handlen wenigstens mehr, als sie reden; deswegen hab' ich vieles kurz hingeworfen; theils um gedrungener zu seyn; theils um dem Zuschauer noch was übrig zu lassen, damit er sich selbst beschäftigen kann.

Also — Rücksicht aufs Publikum — war meine Hauptsache: doch hoff' ich keinen kalten und Gedankenleeren Dialog niedergeschrieben zu haben.

Ob

Vorrede.

Ob die Herren Recensenten anders glau=
ben, das wird sich — wenn sie's anders der
Mühe werth halten — bald zeigen. Ich er=
warte, wahre, gute, menschenfreundliche
Kritik; einen Kritiker, der mit Ehrlichkeit in
seinen eigenen Busen greifen — und da erfor=
schen kann: ob er Mensch sey, oder Engel?
Somit ergeb' ich mich auf Gnad' oder —
Ungnad'! —

Perso=

Personen.

Wilkinson, ein Kaufmann.

Frau Wilkinson, seine Gattin.

Wilhelmine, ihre Tochter.

Wandrop, unter dem Namen Broks, Kaufmann aus
        Afrika, Vater des

Georg Wandrop, Bräutigam der Wilhelmine.

Esquire Murray, Gouverneur der Insel.

Lady Johanna, dessen Tochter.

Der kleine Nuka, ihr Sohn von 9 Jahren, schwarz.

Eine Gerichtsperson.

Ein Seeofficier.

Williams, Buchhalter des Herrn Wilkinson.

James, Buchhalter des alten Wandrops.

John, ⎤
     ⎟ in Wilkinsons Diensten.
Betty, ⎦

Ein andrer Seeofficier, und noch ein Buchhalter.

Ein Sergeant mit Wache.

Kerkermeister.

Officiers, Soldaten, Mohren, Matrosen und
        viele Christensklaven.

Die Scene ist eine Englische Insel auß-
ser den drey Königreichen. Die
Handlung fängt früh an, und en-
digt sich am Abend.

Erster Aufzug.

Ein Zimmer mit drey Thüren.

Erster Auftritt.

Williams.

Wenn doch der heutige Tag überstanden wäre! — und Morgen — ja Morgen! — Morgen! — Heut ist's trübe, — sehr trübe — Muß auch seyn! — Ein solches Haus! — Ein solcher Mann! — Die Zierde — das Ziel der Tugend und Recht-

schaf-

schaffenheit! — Vielleicht auch darum desto
unglücklicher. — Manchem Bettler aufgehol=
fen. — Vielleicht auch manchem Schurken. —
Diese stehen; — und er, der Großmüthige
wird fallen. Alle die ihm ihr Glück zu danken
haben. — Ha! Banks! Banks! — Wärs
so! — Du Wurm! aus dem Schlamme gezo=
gen, gereiniget, an seinem Herzen erwärmt; —
und nun ein Schlangenbiß! — Ha! Schlan=
ge! warum ließ er dich nicht im Schlamme,
deinem dir natürlichen Aufenthalte? — Wenn
ich ihn nur sprechen könnte! [Er sieht durchs
Schlüsselloch] Er schreibt. — Nun will ich
laufen — —

Zweiter Auftritt.

Wandrop, Williams.

Wandrop [Stößt auf Williams] Halt!
lieber Mann! — Ah! Ah! — Komm steh
mir bey — hilf mir doch, lieber Williams!
hilf mir!

Williams. Was ist Ihnen, liebes Kind?
Ihre Augen drehen sich fürchterlich aus ihren
Kreisen, — als wenn man Sie gewürgt hätte.

Wan=

Wandrop. Mir ist's so — Ha! wie mich's würgt! — Sieh, alles bebt an mir. — Mein Blut drängt sich stürmisch zum Herzen. Kains Seelenangst nach dem Brudermorde wüthet in mir. — Hilf mir davon! — Ich mordete nie — auch keine Insekte; auch kein andres Verbrechen liegt auf mir; und doch bangt's meiner Seele, als ob Mörders und und Verbrechers Schuld auf ihr läge.

Williams. Sie erschrecken mich! — He! Ist Niemand da? [Schreyt zur rechten Seitenthüre hinein] Betty! — Miß! — Kommen Sie! — Sie müssen einnehmen, mein Sohn! Ihr Blut treibt zu stark durcheinander — Sie müssen — Ha! gut.

Dritter Auftritt.

Miß Wilhelmine. Vorige.

Williams. Kommen Sie, liebste Miß. — Sehn Sie hier, wie fürchterlich er aussieht? — Ich muß fort! — Ach vielleicht eine Vorbedeutung. [Geht ab.]

Wilhel=

Wilhelmine. Georg! was ist Dir?
Mein Liebster! Woher diese schwarze Angst?—
Sie ist fürchterlich! — Besinne Dich doch!
Ich bins, deine Freundinn, deine liebe Minna.

Wandrop. O Minna! Minna! Wie ist
mir! — Ein dicker Nebel umwölkt mein Gesicht. — Ich seh Dich, aber nur so, wie man
die Sonne sieht, die sich am trüben Morgen
durch den Dunstkreis durcharbeiten will. Ach!
ach! Fühle dieß Wüten in mir, hier wo Du ein-
geschlossen bist. Vielleicht schreckliche Simpto-
men, — will man Dich, mein Alles auf der
Welt herauszwingen — Dich mir entreissen.—
Dich, Minna! mir entreissen! Minna! Minna!
[Wirft sich an ihren Busen.]

Wilhelmine. Niemals, mein Liebster!—
Bist Du wahnsinnig? Wie kannst Du Dir diese schwarze Möglichkeit träumen? — Man
müßte mir dies Herz, in dem Du tief eingegra-
ben, fest eingewurzelt bist, herausreißen; anders nicht. — Und wer könnte? — Wer sollte das? — Wir sind unter Menschen, nicht
unter Cannibalen. — Die, deren Wille unser
heiligstes Gesetz ist, dessen Erfüllung wir für

unse-

unsere süsseste Pflicht halten, haben uns für einander bestimmt, unsre Seelen mit einander vereinigt, wer könnte uns also trennen? Uns, die wir an Sinn und Empfindungskraft nur ein in einander verwebtes Wesen sind?

Wandrop. Wer? — Teufel, meine Minna! — Teufel in menschlicher Gestalt, können selbst die, denen wir alles schuldig sind, die unsre Liebe begünstigten, verleiten, uns zu trennen. Fielen nicht schon Heilige durch Verführung? — Und dann verändertes Schicksal — Veränderung der Umstände. —

Wilhelmine. Können uns unglücklich, elend machen; aber nicht trennen. — Und kennst du die Herzen derer, die mir das Leben gaben, nicht besser? — Sündige nicht durch Undankbarkeit an demjenigen, der nur für unser Glück, für unsere heissesten Wünsche arbeitet — mein Vater! — Giebt es noch einen, der ihm gleicht? Und dann Dein Vater — —

Wandrop. Halt — mein Vater — Ha! — Gott! wie wird mir bey diesem Worte? — Mein Vater, der mich, meine Mutter

A 3   und

und sieben hülflose Waisen verließ. — Und
Dein Vater, nun auch ganz der Meinige, des=
sen einziges Bestreben mein Glück ist. — Du
sollst zu meiner Rechten stehen, und du Vater
durch's Blut — Himmel! was ist das? ein
dicker Blutstropfen der mir entfällt. [Als wenn
er ihn mit dem Tuche auffienge.]

    Wilhelmine. Georg! Georg! — Ha!
ist niemand da? — Hülfe — es wird mir
angst — mein Vater! — mein Va=
ter! —

Vierter Auftritt.

Wandrop. Wilhelmine. Wikinson.

    Wikinson [Aus seinem Zimmer] Was
giebts? meine Tochter — —

    Wilhelmine. Hier — hier, mein Vater —
mein Georg — helfen Sie ihm!

    Wikinson. Mein Sohn! Was fehlt Dir?
— Du glühst wie Feuer! — Georg! — Er
ist sinnlos — Mein Sohn!

                       Wan=

Wandrop. Ach! [Wirft sich mit einem dumpfen Seufzer an seinen Busen.]

Wikinson. Meine Tochter — was ist vorgefallen? sprich!

Wilhelmine. Ich weiß nicht. — Ich zittre selbst am ganzen Körper.

Fünfter Auftritt.

Frau Wikinson. Vorige.

Fr. Wikinson. Was für ein ängstliches Geschrey? Minna!

Wilhelmine. Mein Georg außer sich — So fand ich ihn.

Fr. Wikinson. Mein lieber Sohn! Was ist Dir begegnet? — Sieh mich an! deine Tante — deine Mutter.

Wandrop. O meine zärtliche, meine beste Mutter! — Vergebung! — Erbarmen!

Fr. Wikinson. Warum? Vergebung? Erbarmen? Rede doch, Minna? — liebster Mann!

A 4   Wikin=

Wikinson. Was soll ich? Ich kann Dir nichts sagen. Das Rufen meiner Minna schreckte mich gleichfalls hierher. — Georg, bist Du aus gewesen und hast vielleicht — —

Wandrop. Ja, sehr früh. — Ich lief, da kaum der Tag zu grauen anfieng, um mir Luft zu schaffen. — Nach Mitternacht überfiel mich Angst und Schrecken; mein Bette ward glühend unter mir; ich sprang auf; mein Vater, den ich doch nie gekannt, stand vor mir, bald mit erzürntem, bald mit thränendem Blick; verfolgte mich aus einem Winkel in den andern. Die Angst trieb mich aus dem Hause durch die Straßen bis an den Hafen — und da verschwand er. — Aber ein warmer Dunst von der See trieb mich zurück, und entzündete dies wühlende Feuer in mir; Fürchterliches Rasseln von Ketten betäubte meine Ohren.

Wikinson. Betty! John! — Sey nur ruhig. [Betty kommt.] Niederschlagend Pulver und ein Glas Wasser. — Diese Beängstigungen werden sich wieder legen. — Du hast mich nicht wenig erschreckt. — Ich glaubte, es sey, wer weiß, was vorgefallen.

Wan=

Wandrop. Beängstigungen? — Ahndungen vielleicht — Unglück weissagende Ahndungen.

Wikinson. Warum nicht gar. — Erinnerst Du Dich noch an das gestrige Gespräch von Deinem Vater? — Dann die Bewerbung des Gouverneurs um Wilhelminens Hand, die brachte Dein Blut durch einander — in der Nacht im Traume — —

Wandrop. Kein Traum, mein Vater! würkliche Erscheinung.

Wikinson. So gut, wie geträumt. — Erhitzte Einbildungskraft bringt zuweilen dergleichen Phantomen hervor. — Dein Vater! — Ach der Unglückliche modert vielleicht längst. — Siehe! wüßte ich seine Grabstätte, ich wollte hineilen; seine Gebeine, seinen Schatten, wegen des harten Verfahrens, das er von mir erlitt, kniend um Verzeihung, um Versöhnung bitten. — Ach!

Wandrop. Haben Sie nicht väterlich an meiner Mutter und seinen Kindern gehandelt? und noch — —

Wikin=

Wikinson. Geh, mein Sohn, erhole Dich; Deine Wilhelmine soll Dir das Pulver zubereiten; in ihren Armen, in Gottes freyer Luft, wird sich Deine Angst verlieren. — Und dann, wenn Du ruhig bist; komm zurück. — Heute noch will ich meine letzte Vaterpflicht er= füllen, um mein Gewissen und seine Vorwürfe zu befriedigen.

Wandrop. O mein Vater! — Minna! in Deinen Armen — finde ich da nicht meine Ruhe wieder — Wehe mir alsdann!

Wilhelmine. Gewiß, mein Liebster! — Die Liebe Deiner Minna soll sie Dir mit einem zärtlichen Kusse wieder einhauchen. Romanti= sche Bilder der Zukunft will ich Dir zeichnen; — Den Spiegel unsers Glücks Dir vorhalten; Dich bey jedem Ruhepunct meiner Phantasie an mein Herz drücken; — jeden Kuß von mir, doppelt von Dir zurück verlangen; — und so allen Kummer aus Deinem empfindsamen Herzen fliehen machen.

Wandrop [Feurig.] Meine Minna! — [schmachtend] O meine Minna! [Sinkt wieder traurig an ihren Busen.]

Wilhel=

Wilhelmine. Komm, komm. [Führt ihn
umarmt ab.]

Sechster Auftritt.

Herr Wikinson. Frau Wikinson.

Fr. Wikinson. O des seeligen Anblicks!
Wie süß, wie himmlisch ist es Mutter zu seyn —
— Mutter solcher Kinder.

Wikinson. Und Mann einer solchen Gat=
tinn. [Küßt sie feurig] Jugendfeuer durchglüht
mich. — So waren wir in unserer Blüte —
und nun gereift sehen wir neue Blüte. — O
Allvater! laß sie auch so reifen, wie ihren
Stamm, — wieder neu blühen und so fort rei=
fen und blühen — und blühn und reifen, in
Tugend und Liebe. — O, Wandrop! Wan=
drop! könntest du es mit sehen, — mit fühlen,
das Glück unserer Kinder! Und wenn du nicht
mehr bist, wenn du Unglück und Elend über=
standen hast, in welches dich deine ausschwei=
fende Gutherzigkeit stürzte, aus dem ich dich
hätte reissen können, und aus erzwungener Här=

te

te, um dich zur Erkentniß deiner Schwachheit
zu bringen, unterließ; so sieh herab in das In=
nerste meiner Seele — siehe meine zwanzigjäh=
rige Reue und vergieb mir.

Siebenter Auftritt.

Williams. Vorige.

Williams [Aengstlich. Er stutzt, da er die
Frau sieht.]

Fr. Wikinson. Williams! Was fehlt
ihm? Er glüht und Schweißtropfen füllen sei=
ne ehrwürdigen Furchen im Gesichte.

[Wikinson winkt ihm zu schweigen.]

Fr. Wikinson. Warum das, Mann? —
Dieser Wink —— Er soll mir verschweigen? —
Was denn? — Was darf ich nicht wissen?
Williams?

Williams. Es ist nichts, Madame! —
gar nichts — Ich bin nur erhitzt; — ich war
zu hastig gegangen — mit Jugendhitze — und
meine Knochen sind meinem Willen zuwider.

Fr.

Fr. Wikinſon. Vergebliche Verſtellung!
— Nicht Kraftloſigkeit, Angſt und Furcht leſ
ich in Deinem Geſichte, das immer das Geprä=
ge der Offenheit hat. — Mein Beſter, auch
Deine Stirne überzieht Todtenbläſſe. —
Gott! ein Unglück. — Warum wollt Ihr
mirs verbergen? Mir — —

Wikinſon. Nicht doch, Du ſiehſt falſch —
ich wüßte nicht — warum ich — erſchrecken
ſollte — worüber —

Fr. Wikinſon. Läugne nicht. Dein Sto=
cken verräth Deine Unruhe, Deinen innerlichen
Kampf. — Um der Liebe Willen, die uns
drenßig Jahr beſeeligte, um allen den Genuß
der häußlichen Freuden, die wir immer ſo redlich
theilten, gieb mir meinen Antheil von dem
Kummer, der Dir —

Wikinſon. Sey nicht ſo voreilig, nicht
ſo ſtürmiſch, errege Dir nur nicht gleich fürch=
terliche Muthmaßungen. — Geſetzt, es wäre
ein kleiner unangenehmer Vorfall, der mir be=
vorſtünde; was denn weiter? Ein Kaufmann
iſt nicht immer davon befreyt. — Es wäre ja
auch

auch nicht der erste; — und doch der erste den
Du zu wißen bekämst. — Sey Du nur eine
gute Hausmutter wie immer, und laß mir das
süße Nahrungsgeschäfte. — Ich bin Mann,
und theile meine Pflicht nicht gerne. — Wie
gesagt, sey ganz unbesorgt. — Laß uns
jetzt — Hernach sollst Du alles wißen.

Williams. Gewiß, Madam — kein Un=
glück — nur kleine Vermuthung — und wir
wollen überlegen, wie man am geschwindesten
vorbeugen kann. — Aber Zeit ists —

Fr. Wikinson. Mann! und Vater! —
Ich bin Gattin und Mutter! Wikinson —
bald, bald muß ichs wißen. [mit Bedeutung ab.]

Achter Auftritt.
Wikinson. Williams.

Wikinson. Williams! — Du zitterst! —
Williams — ists richtig? — Ferney —

Williams. Ist gefallen.

Wikinson. Ferney! gefallen!

Willi=

Williams. Und durch ihn 33 Häuser — Schaffterbury und Woocken.

Wikinson. Schaffterbury — Woocken. [Er fällt in einen Stuhl.]

Williams. Der arme Mann!

Wikinson. [Springt auf mit emporgehobe‍nen Händen.] Allgewaltige Vorsicht, rette mich! — Ich habs nicht verdient — dieß Unglück! — Sende Sturm, wüthenden Sturm, schleudere mir die einzige Rettung in Hafen.

Williams. [Erschrickt] Ach Gott!

Wikinson. Williams — warum fährst Du zusammen? — Eine kleine Hülfe — aber doch Rettung vor gänzlichem Untergang, vor Schande. — Du bebst? Wendest Dich von mir? — Warum diese Thränen? sprich! Williams! [Faßt ihn mit beyden Händen an die Schultern] Steh, Mann! — Sollte auch meine letzte Zuflucht — das Schiff — Du wirst blaß — Willst niedersinken? — Prinz Wilhelm — nicht verassecurit — und

Williams. Ist genommen.

Wikin‑

Wikinson. Ha! [Fällt halb ohnmächtig zu Boden.]

Neunter Auftritt.

Fr. Wikinson. Vorige.

Fr. Wikinson. Himmel! was ist geschehn? — Williams! — Sprich mein Bester! Woher diese Verzweiflung?

Wikinson. [Richtet sich mit Hülfe auf.] Laß mich fort — alles — ich bin verlohren — Du — meine Kinder — alles — Ich bin ohne Rettung — auf immer ruinirt.

Fr. Wikinson. [Schlägt die Hände zusammen.] Gott erbarme dich.

Wikinson. Vergebens schreyst Du um Erbarmen, um Hülfe. Er hat uns vergessen — — verlassen. — Nichts kann mich retten. — Bald wird mich — meine arme Frau, meine unglücklichen Kinder, Mangel, und was noch ärger als dieses ist, Verachtung! uns drücken. — Verachtung! Schmach! — Verstehst Du? Ha!

Willi-

Williams. Nein, lieber Herr! Mäßigen Sie Ihren Schmerz. So tief wird uns Gott nicht niederdrücken — kanns nicht. — Wenn der Tugendhafte so namenloß elend seyn sollte. — —

Wikinson. Alter Thor! der Tugendhafte! Was ist der? — Das Unterfutter zum Rock eines Schurken — das Fußgestelle der Bosheit — ein Vögelchen, dem die listige Katze auflauert; und wenns auch ihr durch Hülfe seiner Flügelchen, der einzigen Schutzwehr, hier entflieht, so fällts dort in freyer Luft, dem raubgierigen Habicht in die Klauen.

Williams. Wenn die Noth am größten, ist die Rettung am nächsten.

Wikinson. Rettung? — Ha, ha! — Wo soll ich sie haschen? — Die Zeiten der Wunderwerke sind nicht mehr. — Drey Elemente, Erde, Luft und Wasser sind mir zuwider; soll ich beym Feuer Rettung suchen? — Doch! doch! — ja, ja! — Vielleicht! — Willkommen hülfreicher Gedanken!

B   Fr.

Fr. Wilkinson. Sieh mich hier zu Deinen Füßen! Um alle Freuden und Entzükkungen zärtlicher Liebe, überlaß Dich nicht dieser wilden Verzweiflung. Spare sie bis zum lezten Augenblicke. — Und wenn uns nichts bleibt, so wollen wir uns doch durch unserer Hände Arbeit vor dem leidigen Hunger schützen. Arbeit entehrt nicht, ist sie auch noch so niedrig. Und unsere Kinder — sie sind noch jung, sie empfingen, was ihnen das Glück nicht nehmen kann, Erziehung und Bildung ihrer Seelen, — werden durch doppelte Kräfte, den Abgang der unsrigen ersetzen.

Williams. Und noch ein Trost. — Wärs auch nur ein Schimmer noch von der Ferne. — Je nun, wer weiß — —

Fr. Wilkinson. Welcher, mein Williams? — sprich!

Williams. Heute noch — vielleicht in wenig Stunden, kommt der so ausgeschriene afrikanische Kaufmann Broocks an, der in London gebohren, und der glückliche Besitzer unermeßlicher Reichthümer seyn soll.

Eine

Eine Schaluppe lief gestern Abends noch spät
im Hafen. Einer von seinen Comptoirbe=
dienten, den ich heute selbst gesprochen, sagte,
er habe einige 40 Meilen von hier seinen Herrn
verlaßen, um seine Ankunft zu berichten und ei=
ne wichtige Angelegenheit seines Herrn zu be=
sorgen. Eben derselbe bringt uns die Nachricht
von dem weggenommenen Prinz Wilhelm mit,
wie es von einem amerikanischen Kaper, fast
ohne Widerstand unweit seinem Gesichte genom=
men worden: er habe sich dann in möglichster
Eile davon gemacht. — Seinen Herrn be=
schreibt er als einen außerordentlichen Mann,
von dem gutherzigsten Charakter, der in seiner
sechsjährigen Sklaverey viel Ungemach erlitten,
und einst das Glück gehabt, dem ersten Sohn
des großen Moguls das Leben zu retten, als
ihm im Garten vier Verräther deßen berauben
wollten; wodurch er nicht nur zu unzählichen
Reichthümern gelangt, sondern so gar der Lieb=
ling des Kaisers geworden sey. Der jetzige
Kaiser ist eben der von ihm gerettete Prinz, ein
Christenfreund und besonderer Beschützer unserer
Nation. — Dieser sein christlicher Liebling —

kömmt

kömmt unserm König die Freundschaft seines Kaisers anzubiethen. — Hat 150 durch ihn befreite Christensklaven am Bord.

Fr. Wikinson. Ha, welch ein Licht-strahl — Mein Bester! — ermanne Dich —

Wikinson. Armes Weib — ich verstehe Dich. — Aber vor meinen Augen ists finstere Nacht; — Hoffnung und Verzweiflung entste-hen in euren flüchtigen Weiberseelen gleich ge-schwind — jedes von beyden, reißt euch gleich stark hin. — Aber ich bin ein Mann — fe-ster, — mehr Zusammenhaltung. — Ich ken-ne die Menschen aus Beobachtungen und Er-fahrung — und nicht von der Oberfläche — —

Zehnter Auftritt.
John. Vorige.

John. Herr Buchhalter! es sind verschie-dene Leute unten, die Sie schleunig sprechen müßen. — Sie flistern zusammen — zeigen sich wechselsweiße Papiere — zucken die Ach-seln. — Der eine seufzt, beklagt — der an-dere lacht, der dritte flucht und tobt —

[Williams geht mit John ab.]

Wikinson. Nun — meine Liebe? —
Lichtstrahl? — geh hinunter, lerne Menschen
kennen — und ich wette — es soll Dir eben
so finster vor Deinen Augen werden — —

Fr. Wikinson. Bleibt uns denn Nichts —
gar nichts? — übersteigen die Forderungen
Deinen — —

Wikinson. Bey weitem — zwey solche
Unglücksfälle aufeinander machen mich, und
andre durch mich mit unglücklich — —

John [kömmt.] Der Gouverneur wünscht
Sie zu sprechen.

Fr. Wikinson. O Gott! jetzt — Was
soll ich thun — —

Wikinson. Du mußt ihn sprechen —
ich kann nicht — vergiß nicht, daß Du Mutter,
eine zärtliche Mutter bist — Vermehre das
Unglück unsrer Kinder nicht. — Du verstehst
mich — [geht ins Kabinet ab.]

Eilfter

Eilfter Auftritt.

Fr. Wilkinson. hernach der **Gouverneur.**

Fr. Wilkinson. Himmel steh mir bey — erleuchte mich — gib mir Ueberredungskraft.

Gouverneur. Gehorsamer Diener, Madame! Ich wünsche Ihnen einen gesegneten guten Morgen —

Fr. Wilkinson. Wollte Gott, Ihr Wunsch — — setzen Sie sich —. [rückt ihm einen Stuhl.]

Gouverneur. Nun, nun vielleicht — ich weiß Ihr Unglück —. aber noch ist nicht alle Hoffnung verschwunden. — Ich komme Ihnen Trost, Hülfe anzubiethen. Es steht bey Ihnen. — Wo ist denn Herr Wilkinson?

Fr. Wilkinson. Sein schneller, unverdienter Fall hat ihn zu Boden gedrückt. Der Kummer nagt an seinem Herzen, — flieht alle Menschen. — Verzeihen Sie ihm —.

Gouverneur. Er dauert mich, — aber wie gesagt: —. es kann noch alles gut werden.

den. — Nun — Sie sind Mutter, und was Sie wollen, will er wohl auch. Also, Mutter sind Sie, sagte ich, eine gute zärtliche, eine glückliche Mutter — der schönsten liebenswürdigsten Tochter — die die Zierde, der Stolz, das Kleinod unsrer Insel ist — die das größte Glück auf Erden verdient, um welches ihre Eltern gewiß besorgt seyn werden, und seyn müssen. — Auch ich bin, oder war Vater eines einzigen Mädchens. — In meinem unglücklichen Consulat zu Deli kam ich um mein liebes Kind. — In ihrem zwölften Jahre wurde sie mir geraubt — und nie fand ich sie wieder. — Was helfen mir Reichthümer? — ich habe keine Kinder, keine Verwandten — —

Fr. Wikinson. Wenn Ihnen auch Kinder und Verwandte durchs Blut mangeln, so können Sie immer noch ein glücklicher, gesegneter Vater werden; ein Vater der armen Verlassenen.

Gouverneur. Das will ich auch — und auf die angenehmste Art. — Wenn ich durch Wohlthätigkeit mein eigenes Vergnügen, mein

B 4 Glück

Glück befördere, so gebe ich, und gewinne da=
bey. — Das ist menschenfreundlich, und klug
gehandelt. — Werden Sie meine Mutter,
und so ist uns allen auf einmal geholfen.

Fr. Wilkinson. Mein Herr! dieser An=
trag macht uns Ehre; aber die Liebe ist ein so
mächtiger Trieb — wo er einmal die Seele ein=
genommen hat — —

Gouverneur. Ist er nicht mehr auszurot=
ten. — Ganz recht! — Ich empfinde es
selbst. — Die Liebe ist ein reissender Strohm,
der alles niederreißt. — Mich hat dieser Strohm
ergriffen, und ich bin ein kleines Boot, das
darauf fortschwimmt, bis es auf einer Sand=
bank, oder in einer Bucht stille stehet. — Ihre
Familie ist die Bucht, in der mein Boot ankern
oder landen soll.

Fr. Wilkinson. Ich will als Mutter, als
Gattin sprechen. Um meinen Mann zu retten,
und mein Kind glücklich zu machen, würd ich
alles, was Tugend und Ehre erlaubt, unter=
nehmen. — Hätte ich eine zweyte Tochter,
oder wäre diese meine einzige, nicht schon so fest
durch

durch unverbrüchliche Gelübde meines Mannes
verknüpft; so würde, so könnte ich Ihrem An=
trag Hoffnung geben. Allein, der junge Wan=
drop — der Sohn eines unglücklichen Vaters —
unser Pathe — ist der Gegenstand des liebvol=
len Herzens meiner einzigen Tochter. — Mein
Mann, um einen Fehler, der seiner Meinung
nach die Ursache von des alten Wandrops gänz=
lichen Umsturze war, wieder gut zu machen,
bestimmte sie in jenen glücklichen Tagen für ein=
ander. — Diese Tage sind dahin, und wir
alle zum äussersten Elend herabgedemüthiget. —
Aber ihre Liebe, die ihre Seelen durch simpate=
thisches Gefühl gleichsam in ein Wesen zusam=
men schmelzte, wird kein Elend ersticken können;
und sollten wir Eltern ihnen diesen einzigen
Trost, diese einzige Erquickung rauben? — —

Gouverneur. Ein phantastischer Trost!
Madame! Aber Phantasie ist nicht vielmehr als
Luft; — und noch nie hab ich gehört, daß
Phantasie, oder Luft, einen hungrigen Magen
satt gemacht hätte. — Sie täuscht uns zwar
einige Zeit, aber nie stillt sie den Hunger.

B 5   Fr.

Fr. Wikinson. So tief, bis zum nagenden Hunger wird uns die allgütige Vorsicht nicht sinken lassen. — Ich weiß wohl, daß es harte Herzen giebt, und am meisten wo Ueberfluß herrscht; aber vielleicht zeigt sich unverhoft ein wohlthätiger Arm, der ohne Masque der Großmuth, ohne Eigennuß, vom Wenigen etwas darreicht, — bis wir Luft schöpfen, und einen günstigen Augenblick abwarten können.

Gouverneur. Nun, ich wünsche Ihnen Glück daß Sie so einen Thoren, wie den alten Wandrop finden mögen, der aus verschwenderischer Gutherzigkeit sich selbst zum Bettler macht, und — —

Fr. Wikinson. Schonen Sie das Andenken dieses würdigen Mannes, und gieſſen Sie in unsre brennende Wunde nicht noch siedendes Oehl. — Seyn Sie vielmehr großmüthig, und werden Sie Vater von unsern Kindern.

Gouverneur. Ja, Madam! — Das will ich werden, Vater, durch Ihre schöne Tochter. — — Reden Sie ihr zu, vielleicht schreckt sie ihre Zukunft ab. —

Fr.

Fr. Wikinson. [ruft.] Betty! — Sie
sollen mich und sie kennen lernen. [Betty kömmt.]
Meine Tochter soll kommen! [Betty ab.] Ich
will in Ihrer Gegenwart meinem Kinde Ihr
glänzendes Anerbieten und unsere Noth vorstel=
len. — Sie mag selbst wählen. — Entschei=
det sie für Sie, so bin ichs zufrieden; — aber
zwingen thu ich sie nicht. —

Zwölfter Auftritt.

Wilhelmine. Vorige.

Wilhelmine. Was befehlen Sie, liebste
Mutter? [macht dem Gouverneur eine Verbeugung.]

Gouverneur. Gehorsamer Diener, mein
schönes Kind. — Ich bin eigentlich Ursache,
daß Sie gerufen worden, um meinen Antrag zu
wiederholen, der mir zeither so wenig Hoffnung
versprach. — Allein der unvermuthete Un=
glücksfall Ihrer Eltern, und zugleich eine miß=
liche Zukunft für Sie selbst, vermehrt das Feuer
meiner Liebe, und läßt der Erneuerung meines
Antrags einen Schimmer von Glück hervor=
strahlen. — Es wird nun unser allerseitiges
Schick=

Schicksal von Ihnen allein abhängen. — Ein
Wort von Ihnen, kann Ihre Eltern vom Ver=
derben erretten, und alle meine Wünsche befrie=
digen.

Wilhelmine. Meine Eltern vom Verder=
ben retten? — Sie erschrecken mich — Lieb=
ste Mutter! —

Fr. Wilkinson. Ein unglücklicher Ban=
querott stürzt uns alle zum äussersten Mangel
herab. — Wir sind verlohren, wenn uns nicht
eine unsichtbare Hand zur Hülfe herbey eilet. —
[Weint.] Armes Kind! — Nur Du allein
machst mir unser Elend doppelt schwer. —
Nah am Hafen des Glücks scheitert das Schiff
aller unserer Hoffnungen.

Wilhelmine. O Gott! Gott! Wehe uns!
Wehe uns. [Ringt die Hände.]

Gouverneur. Ihre Seufzer und Klagen
sind gerecht. — Eine fürchterliche Aussicht —
Der nagende Hunger, Verachtung! — Die
Schwester der Armuth erwartet Sie — bald
werden Sie vom erniedrigenden Erbarmen der
Men=

Menschen abhängen. — Ein schwarzes Bild!
— Mir schaudert selbst davor. — Aber nur
einen Blick zur Rechten — da glänzen Ihnen
die lachendsten Aussichten. Reichthum, Würde
und Ansehen! — Ihre Hand in die meinige
geschlossen, erhebt uns alle auf den Gipfel des
Glücks. — Ueberdenken, bestimmen Sie —

Wilhelmine [Sieht ihre Mutter mit zärtli=
cher Wehmuth an] Meine beste Mutter!

Fr. Wilkinson. Du hast freye Wahl —

Wilhelmine. Nun dann! Dieser schreck=
liche Streich schlägt mich zu Boden. — Ich
fühle die ganze Größe des Jammers, der unser
wartet, mehr um meiner armen Eltern willen,
deren unbegränzte Zärtlichkeit für ihre Kinder
ich kenne, als um mich. — Ich verehre ihr
großmüthiges Anerbieten, gnädiger Herr, —
sehe all die blendenden Vortheile, die mir Ihre
Liebe bestimmt. — Allein, ich müßte sie zu
theuer erkaufen. — Niederträchtigkeit, Treu=
losigkeit wäre der Preiß —

Gouverneur. Niederträchtigkeit?

Wilhel=

Wilhelmine. Ja. — Wer einen frey=
willigen feyerlichen Schwur bricht, handelt treu=
loß, niederträchtig! — Ewige unverbrüchliche
Treue feffelt mich an meinen Bräutigam. —
Kein Unglück, kein Zufall, und wär er auch der
bitterste, kann mein Gelübde mildern. — Ich
bin arm — aber Treue, Liebe und Tugend soll
mein Reichthum, mein Trost, meine Stärke
seyn.

Dreyzehnter Auftritt.

Vorige. **Der junge Wandrop,** [der die
ganze vorhergehende Rede mit angehört hat,
stürzt auf einmal hervor.]

Wandrop. O meine Minna! — Meine
göttliche Minna! — Mein Alles. — Wie
will ich Dir lohnen. O meine Mutter! Welch
ein Tag! Williams erzählte mir, ganz auffer
sich, unfern Fall. — Ha, meine Ahndungen,
meine Angst! — Die Auslegung ist da. —
Aber trösten Sie sich, meine Hände sollen ar=
beiten; — meine Liebe wird meine Kräfte ver=
doppeln — meinen Geist feurig, würkfam und
erfin=

erfinderisch machen. Der Himmel wird mich
seegnen; — und so werden wir von Mangel
gesichert seyn. —

Gouverneur. Unerfahrner Jüngling! der
Du die Welt nicht kennst — dem sein aufbrau=
sendes, stürmisches Feuer, alles leicht, zuver=
sichtlich macht. — Es dörfte bald die Zeit
kommen, wo Du dich in deinen leichtsinnigen
Versprechnungen betrogen finden wirst. — Höre
einen vernünftigen Vorschlag! — Ich will Dir
eine Lieutenantsstelle verschaffen. — Geh,
suche Dein Glück, wo es viele Dein=s Gleichen
schon gefunden haben. — Ich gebe Dir über=
dies zur Erleichterung 2000 Pfund; — wenn
Du mir die Hand dieses Mädchens abtrittst. —
Liebst Du sie wahrhaft, so beweise es dadurch,
daß Du sie aus dem Elende rettest, aus dem
sie Deine romanhaften Ideen nicht reissen wer=
den.

Wandrop. Grausamer Mann! — Dei=
ne Wohlthätigkeit ist ein schneidendes Messer,
das Du mir an die Kehle setzst. — Groß=
müthig wie jener Tyrann, der seinem Feinde,
die

die ihm geschlagenen Wunden, mitleidig heilen
ließ, um ihn dem Henkers Schwerdt zu überlie=
fern. —

Fr. Wilkinson. Mein Sohn, mäßige
Dich —

Gouverneur. Ha, Unbesonneuer! —
Stürz Dich und die Deinigen ins Verderben,
— bald wirst Du, Dein Mädchen an der Hand,
vor meiner Thüre um verschimmelten Zwieback
betteln. — Gehabt Euch alle wohl! — Viel
Glück zur Hochzeit! — Meinen Gruß an den
glücklichen Schwiegervater! [Geht ab.]

Vierzehnter Auftritt.

Frau Wilkinson. Wilhelmine. Der junge Wandrop.

Fr. Wilkinson. Ist das der Dank für
das, was Dein Großvater an ihm that, der
ihn — ihn selbst dem äussersten Mangel ent=
riß, — ihn glücklich machte, und nun — —

Wan=

Wandrop. Er ist meines Zorns unwür=
dig! — Der Boßhafte! — Dich wollte er
mir entreissen? Dich, meine Minna! — Erst
mich in Stücken! — So lang dis Herz in mir
schlägt, soll keine Gewalt Dich mir rauben.
Sey gutes Muths, meine Beste! — Ich bin
stark. — Du sollst sehen, was die Liebe für
Kräfte giebt. — Trockenes Brod an Deiner
Seite, soll mir köstliche Nahrung seyn. —
Wenn ich Dich nur glücklich machen kann!

Fr. Wikinson. O meine Kinder! [drückt
sie an sich] Kommt zu eurem armen Vater!
[Umarmen sich und gehn ab.]

Ende des ersten Aufzugs.

C   Zwey=

Zweyter Aufzug.

Ein Kabinet.

Erster Auftritt.

Herr **Wikinſon** [ſitzt am Schreibpulte, auf welchem ein paar Piſtolen liegen. Er ließt für ſich ſtille, aber bald darauf ließt er folgende Worte laut, mit finſterer dumpfen Stimme.]

[Ließt:] „Verzeiht mir meinen Entſchluß — „liebevolle zärtliche Gattinn — und ihr ar= „me, verlaſſene Kinder — ich konnte euer „Elend nicht anſehen. — Ihr werdet in dieſer „verderbten Welt genug zu thun haben, um „euch ſelbſt vor Hunger und Mangel zu be= „wahren. — Ich will euren Kummer nicht „vermehren. — Nur eure Mutter verlaßt „nicht. — Ihr werdet nicht lange für ſie ſor= „gen dürfen, denn ihr Jammer wird ſie bald „zum Ziel ihres Lebens führen. — Gehabt „euch wohl, und flucht mir nicht. — [Er macht den Brief zu und legt ihn oben auf das Pult.] Was ſollt ich alter ausgemergelter Kerl auch

noch

noch wie ein Gespenst, meinen Feinden zum
Labsal, und meinen Freunden zum Schrecken
herum wandeln; — Mein Brod an Thüren
erbetteln, und mich von Schande und Verach=
tung würgen laſſen. — Fort mit dir! [Ergreift
die Piſtolen] Aber, wie wird's dort oben um
dich ſtehen? — Hier gerettet! — vom zeitli=
chen Jammer befreyt, und dort vielleicht ewig
verlohren! — Ewig? — Unglaublich! —
Jenes Weſen, das die Liebe ſelbſt iſt, das alles
was lebt und webt, zur Glückſeligkeit erſchuf,
auch mich einſt aus dem Becher der Freude und
des Glücks trinken ließ; — Sollte es mich
dort — ſollte es mich ewig verſtoſſen können,
da es mich jetzt ſchon in den tiefſten Abgrund
des Elends ſtürzen läßt? — Meiner Leiden
ſind zu viel, als daß ich ſie ausdulden könnte.
Nein! ich muß — ich muß! Der Tod winkt
mir von allen Seiten. — Er iſt jetzt mein
einziger, mein beſter Freund, und wer eilt ſei=
nem Freunde nicht mit verdoppelten Schritten
entgegen? — Wär ich nicht ein Thor, wenn
ich den langen Weg des Hungers und Grams
dieſem kürzern [auf die Piſtolen zeigend] vorzöge?

C 2   — Nur

— Nur du Wandrop — O! warum verläßt
mich nicht in diesem Augenblick all meine Erin=
nerungskraft! — Du — der Gedanke an
meine Grausamkeit gegen Dich, erschwert mir
mein Ende. An dir hab ich all das Elend, das
mich bestürmt verschuldet. Ich konnte dich
einst mit 6000 Pfund retten, und ließ dich
Hülflos schmachten. — Schon damals folgte
mir die Strafe auf dem Fuße nach: Den an=
dern Tag raubte mir ein verkappter Räuber die
Summe, die ich dir zu deiner Rettung versag=
te. — Vielleicht irrtest du noch lange, überall
vom Unglücke verfolgt, umher, bis du end=
lich einen schrecklichern Tod, als ich, fandst.—
Ach, könntest du meine Reue sehen! — Könnte
ich mich mit dir aussöhnen! Doch! da ich es
jetzt nicht kann, so soll mein Schatten, jenseit
des Grabes, dich um Verzeihung bitten. —
Und nun zu dir, allgütige Gottheit! — Erbar=
men über mich und meine Kinder! [hält sich beym
ersten Wort Erbarmen, die Pistole vor die Stirne,
drückt alsdann los, sie versagt ihm] Ha! auch Du
Werkzeug des Todes, wider mich? [die andere
nehmend] Vielleicht bist Du gefälliger. — Ver=
zeihe. [setzt die andere an, indem er kniet, drückt los
und

und das Pulver brennt von der Pfanne. (Er erschrickt und fährt plötzlich auf.] Was ist das? — Him= mel! Bist du grausam oder barmherzig. — Du willst nicht; — Sollte mir noch Rettung übrig seyn? — oder wäre ein geschwinder Tod zu geringe Strafe für meine Sünden? — Soll ich vielleicht mein Leben unter langsamen Martern ausseufzen? — —

Zweyter Auftritt.
Williams. Wilkinson.

Williams. [kommt schnell dazu.] Woher dieser Pulvergestank. — Ha, mein Herr! — Was wollen Sie machen? — Pistolen —

Wilkinson. Ich wollte mich glücklich ma= chen — aber —

Williams, Glücklich? — durch Selbst= mord! — Unglücklicher Mann. — Verzweif= lung kann Ihnen mehr Trost geben, als die geheiligte Religion? — Wo sind Ihre Sin= nen? — Geben Sie mir die Pistolen, oder, bey Gott! ich entreisse sie Ihnen mit Ge= walt! — Ich will mich fest an Sie anklam=

C 3   mern,

mern. — Erst mich — mich müßen sie treffen. [drückt sich fest an seinen Leib, umfaßt ihn, und so windet er ihm die Pistolen aus der Hand.] Ich hab sie. — Gott sey Dank! [Er läuft ab, und kömmt bald ohne Pistolen wieder.]

Wikinson. [eine Pause, gen Himmel sehend.] Ich soll nicht? — Nun dann — hier bin ich, ein Raub aller menschlichen Bosheit; ein Gegenstand deines gerechten Zorns. — Zertritt, zermalme mich Ewiger!

Williams. [kömmt.] Ach liebster, bester Herr! was wollten Sie thun? — Ich kann kaum athmen, so haben Sie mich erschreckt. — Ach! ach!

Wikinson. Williams! — Sieh mich an! — Schaudert Dir nicht vor mir? — Kennst Du einen elendern Kerl? — Mein Hund ist glücklicher, als ich; — überall findet er Knochen, den Hunger zu stillen. — Aber ich habe keine Zähne Knochen zu beißen; — und wo soll ich andre Nahrung finden?

Williams. Beruhigen Sie sich. — Es giebt noch Menschen. Die Britten sind eben so

groß=

großmüthig als frey. — Nie, nie, werden
Sie die schreckliche Zukunft erleben, die sich Ihr
zerrütteter Verstand vorstellt! — Mein, in
Ihrem wohlthätigen Dienste, gesammletes Ver=
mögen, ist hinreichend genug, uns vor äußer=
sten Mangel zu schützen. — Hätt ich diesen
Fall vorgesehen; Wahrhaftig! ich glaube, ich
hätte Sie bestohlen, um Ihnen Ihr jetziges
Schicksal erleichtern zu können. — Es bleibt
mir auch noch ein Versuch übrig. — Vielleicht
geht uns die Sonne heller unter, als sie auf=
gieng. — Fassen Sie sich. — —

Dritter Auftritt.

Frau Wikinson. Vorige.

Fr. Wikinson. [kömmt schnell und ängstlich
herein.] Williams, geschwinde, die Gerichte
gehen oben ins Haus. — Ich sah es durchs
Fenster. — Warum das?

Williams. Die Gerichte? [ab.]

Wikinson. Laß sie nehmen. Alles —
alles — die gierigen Wölfe! — Ich wollte,
daß sie mir auch dieses lumpichte Leben — —

C 4   Fr.

Fr. Wikinson. Bester Mann! Verzweif=
lung blitzt aus Deinem wilden Auge. — Und
was für ein Geruch? — wie nach Pulver? —
Wikinson! — —

Wikinson. Laß mich! — Dein Anblick
ist stechende Marter für mich. — Fort, fort!
Nähe Dir einen Sack, das schimmliche Bettler=
brod drinn zu sammeln. — Braucht nicht groß
zu seyn — oder vielleicht laßen sie Dir einen
Geldsack liegen. — Lern ein Lied auswen=
dig, — nur eine hübsche drolligte Melodie. —
So ein Voudewill. Deine Tochter kann die
Laute dazu schlagen — und Georg wird Dich
secundiren. — Aber nur was schnackisches —
Geh an die Tafeln der Wohllüstlinge; — Dei=
ne Tochter ist hübsch! — Man wird sie in die
Backen kneipen, und einen Kuß akkordiren. —
Eine Handvoll Gold, in einer Wagschale, in
der andern die Unschuld; — und Gold ist schwe=
rer, zieht die leichte Unschuld herunter. —

Fr. Wikinson. Um Gottes willen,
Mann! Mann!

Vierter

Vierter Auftritt.

Williams. Die Gerichte mit Wache. Vorige.

Eine Gerichtsperson. Herr Wikinson, ich bedaure von Herzen, daß ich in dieser Angelegenheit zu Ihnen kommen muß. — Allein meine Pflicht mag mich entschuldigen. — Ich habe Befehl, Sie in Verhaft zu nehmen. Aller Ihrer Habseeligkeiten, besonders aber aller Schriften und Papiere, mich zu bemächtigen. — Verzeihen Sie mir.

Wikinson. In Verhaft? Warum? Bin ich ein Betrüger? — Mein Falliment ist nicht mein Verschulden! — Nur durch andre, mit andern bin ich gestürzt — und ohne meine Bilance noch gemacht zu haben — —

Gerichtsperson. Verschiedene Creditores, die beträchtliche Wechsel vorgezeigt haben, sind um die Versicherung Ihrer Person, und Ihrer Habseligkeiten eingekommen. Doch nicht allein Ihr Falliment ist die Ursache Ihres Arrests. — Eine unvermuthete Entdeckung, erklärt Sie als Staatsverräther, —

C 5   Fr.

Zugleich. {

Fr. Wilkinson. Himmel! Mein Mann!

Wilkinson. Was? ich ein Staats=
verräther? [will ihn fassen, ein Lieutenant tritt
dazwischen.]

Williams. Herr Wilkinson! Herr Wil=
kinson!

Gerichtsperson. Sie vergessen sich! —
Doch Ihre Hitze soll Sie entschuldigen. — Ich
wünsche von Herzen, daß Sie sich rechtfertigen,
und Ihre Feinde beschämen mögen.

Fr. Wilkinson. Feinde? — Ich kenne
keinen — O des vortreflichen Handhabers der
Gerechtigkeit! — Keine Feinde. — Doch
ja! — Ich argwöhne des herrlichen Beschützers
der Unschuld! Des strengen Rächers der Bos=
heit! — Ha! Rachsüchtiger!

Gerichtsperson. Sie irren sich. — Ein
heimlicher Feind. — Ein Undankbarer! —
Bänks —

Fr.

Zugleich. { Fr. Wikinson.
Wikinson.
Williams. } Bänks?

Williams. So ist meine Vermuthung wahr? — Ha! Verdammter!

Wikinson. Bänks! — Ein Verräther an mir! So muste ich mir diese Schlange in meinem eigenen Busen erziehen? Alter Thor! [zu Williams.] Und Du mußtest mich an diese Erde wieder anketten, an diese Räuberhöhle, an diese Mördergrube, an dieses Basilisken=nest! — —

Williams. Es wird die Stunde kommen, in der Sie mir danken werden, was ich that, was ich thun mußte.

Fr. Wikinson. Ja sie wird kommen, diese herrliche selige Stunde, bester Mann! — Wo Deine Ehre, Deine Tugend wie die Sonne hinter finstern Wolken wieder rein und unbefleckt hervorbrechen wird. — Sie muß kommen — oder wir müsten an der Gerechtigkeit und Güte Gottes zweifeln.

Gerichts=

Gerichtsperſon. Ich ſelbſt will ſie ſegnen, dieſe Stunde; glauben Sie mir, daß ich den lebhafteſten Antheil an Ihrem Schickſal nehme. Ich werde nie vergeſſen, daß Sie einſt auch mein Retter waren; — und vielleicht kann ich Ihnen — — Nur jetzt verzeihn Sie, daß ich meine Pflicht beobachte —

Wilkinſon. Nun dann, hier bin ich. — Ich hätte fliehen können, aber ich wollte nicht; — Nehmt mich, — verbergt mich vor jedem Scheuſal, das die Masque eines Menſchen trägt. — Bänks! — Ein Verräther an mir, — und Du Verfluchter! willſt mich zum Verräther des Staats machen. — Ha! zittere! — wir wollen uns ſprechen. — Mit jedem Wort ſollſt Du eine glühende Kohle hinab ſchlucken, Dein rachgieriges Herz zu verzehren. — Fort, fort!

Fr. Wilkinſon. Grauſamer! Du willſt mich ohne eine einzige Umarmung verlaſſen? — Fliehſt vor mir, wie vor Deiner Feindinn! — Was hab ich Dir gethan? — Was haben Dir Deine armen hülfloſen Kinder gethan?

than? an die Du auch mit keinem Gedanken
denkst. — Dein Schmerz, Deine Verzweiflung
ängstigt mich — ich zittere — Wikinson! Erbarm Dich unser! —

Wikinson. Ruhig, armes Weib. — Erst
muß ich meine Ehre gerettet sehn — erst einem
heimtückischen Schurken die Larve abreissen —
und dann will ich gern hinwandern, wo ich her-
kam — Der Wurm in der Erde will auch seine
Narung haben — er wird aber keinen guten
Bissen an mir bekommen. Kummer, Galle,
werden ihm das Beste wegschnappen, und ihm
nichts, als zähe Haut auf morsche Knochen
geleimt, übrig lassen. — Und so gehab Dich
wohl! — Dies für die armen Würmer. —

Fr. Wikinson. Ach, mein Liebster! [in
seinen Armen. Indem er geht, kömmt]

Fünfter Auftritt.

Der junge Wandrop. Wilhelmine, Vorige.

Wandrop. Ha! was ist das?

Wilhel-

Wilhelmine. Mein Vater! meine Mutter!

Fr. Wikinſon. Ihr armen Kinder. — Euer Vater wird wie ein Miſſethäter in Verhaft genommen!

Zugleich { **Wandrop.** Himmel!

Wilhelmine. Mein Vater!

Wikinſon. Lebt wohl! Lebt wohl!

Wilhelmine. Unmöglich — Sie —

Wandrop. Nein, ich laſſe Sie nicht; — Hier bin ich, nehmt mich! — Verdoppelt die Schmach, — ſchüttet alle Leiden zehnfach über mich! — nur ſchonet meines Vaters. — Seht dieſen grauen Kopf, den unbeſcholtnes Leben geheiliget hat. — Ich bin jung; — voller Kräfte; — kann tragen; will, will gerne tragen. Alles, alles — —

Wikinſon. Guter, lieber Junge! — Laß mich — es bleibt Dir noch Laſt genug übrig — die Dich ſchon nach und nach entnerven wird; und hätteſt Du Herkules Sehnen und Muskeln. — Hier Deine Mutter — hier Dein Weib. —

Weib. — Nichts in der Hand! — Nur die
traurige Aussicht in das kahle Mitleiden und
Erbarmen Deiner crocodillischen Nebengeschö-
pfe. — Ha! Schweiß und Gram werden Dir
Furchen graben; Dich Jüngling in der besten
Blüthe in einen frühen hinwelkenden Greiß
verwandeln. — Lebt wohl! — Ich kann Euch
nicht sehen! — Eure Thränen zerfressen wie
Scheidewasser, mir das Herz. (Zu Williams.)
Du Alter! — verlasse sie nicht. — Hast Du
noch einen Bissen Brod übrig, so theile ihn. —

(Williams drückt ihm die Hand, kann aber nicht
reden für Beklemmung.)

Wandrop. Umsonst! Sie dürfen nicht
fort!

Wilhelmine. Ich kann mich nicht von Ihnen trennen!

Fr. Wilkinson (die Hände ringend.) Ach!
ach!

Gerichtsperson. Damit machen Sie nichts
gut. — Der Gewalt können Sie nicht wieder=
stehen. — Fassen Sie sich, — Vielleicht stehts
bey

bey Ihnen, alles zu ändern, nur jetzt laſſen Sie ihn mit der Wache fort — —

Der Sergent. Allons! — Es iſt, denk ich, gewinſelt genug. — Marſch!"

Wandrop und Wilhelmine. Grauſamer Barbar!

Der Sergent. Was Barbar; Fort!

Fr. Wikinſon.
Wilhelmine.
Wandrop.
{ Mein Mann — } Alle zu-
{ Mein Vater — } gleich an ſeinen Buſen.

(Die Wache macht den Wikinſon los und führt ihn fort.)

Wikinſon (mit finſterm Schmerz) Lebt wohl!

Fr. Wikinſon (fällt ohnmächtig nieder) Ach! ach!

Sechſter Auftritt.

Frau Wikinſon. Wilhelmine. Wandrop. Williams. Gerichtsperſon.

Wilhelmine. Meine Mutter! — —

Wan-

Wandrop (der dem Wilkinson nachschreyt) Ich will mit. (wird zurück gehalten; die Frau Wilkinson sehend) Ha! noch mehr! auch unsere Mut=
ter — —

Williams. He Betty! — John! — Was das für ein Anblick ist. (helfen der Frau auf.) Sehen Sie, Herr! Fühlen Sie. —

(Betty und John kommen, laufen um Eßig zu hohlen ab, kommen aber bald zurück und laben die Frau Wilkinson.)

Gerichtsperson. Wer da gefühllos bliebe, wäre nicht werth Mensch zu heissen.

Fr. Wilkinson (wieder zu sich kommend) Ster=
ben! — O mein Mann! meine Kinder! (an ihren Busen.)

(John und Betty gehn ab.)

Wandrop. Nun Minna! waren es Träu=
me? — Sie sind erfüllt meine heutigen Ahn=
dungen.

Wilhelmine. Wodurch, gerechter Himmel! haben wir das verdient. — Mein Busen ist rein von jeder vorsetzlichen Sünde, und soll ich für Schwachheiten so schrecklich büßen?

D   Willi=

Williams. Nicht doch, liebes unschuldiges Kind! — Sie find nicht die Urſache dieſer Leiden. —

Wilhelmine. Ich, ich allein bin die Urheberinn derſelben. — Ich Elende! — Warum mußte ich ſeyn, oder warum bin ich nicht wenigſtens ſo geſchaffen, daß mein Anblick Ekel und Mitleiden erweckte. — O! hätte mich die Natur zur Mißgeburt geſtaltet!

Wandrop. Minna! Minna!

Wilhelmine. Dieſe unſeelige Larve würkt unſer Verderben. — Sie erregte Begierden in der Bruſt zwoer geilen Wohllüſtlinge, — und verweigerter Genuß entflammt ſie zur Rache.

Gerichtsperſon. Leider wahr! — Aber von zwey Uebeln muß man das kleinſte wählen. — —

Wandrop. Ich verſtehe. — Das Hauß brennt um uns in voller wüthender Flamme. — Alſo zum Dachfenſter herabgeſtürzt, — daß das Gehirne auf den Steinen herumſpritzt!

Gerichts=

Gerichtsperson. Das war meine Mey=
nung nicht. An statt Ihrem Schmerz, Ihrer
Wuth Raum zu geben, sollten Sie als wohler=
zogene Kinder auf Mittel denken, Ihre unglück=
lichen Eltern zu retten; kein Opfer für zu groß
halten, selbst Ihr Leben nicht. — Wir haben
Beyspiele — —

Wandrop. O! was brauchts erst Bey=
spiele? [Wilhelmine und Wandrop zugleich.] Hier
ist meins! — Nehmts hin. — Mit Freuden!

Gerichtsperson. Kein so theures Opfer! —
Handeln Sie großmüthig, überwinden Sie sich,
der Hand Ihrer Wilhelmine zu entsagen.

Wandrop. Nein! Nimmermehr. Der
Tod der Liebe, ist auch der Tod des Lebens —

Gerichtsperson. Jetzt, da alles Feuer
und Flammen in Ihnen ist, finden Sie dis un=
möglich. Aber die Vernunft kehrt nach dem
Sturme der Leidenschaft wieder zurück. Wie?
Wann sie Ihnen alsdann den verdienten Vor=
wurf zuruft: — Undankbares Kind! — Dei=
ner Leidenschaft konntest du einen so vortreflichen
Vater aufopfern! Wie dann? Glauben Sie

D 2   dann

dann noch mit Ihrer Wilhelmine ruhig und glücklich leben zu können?

Wilhelmine. Grausamer Mann!

Wandrop. Barbar! — und mein Cherub! — Nun dann! — Minna! meine Seele! — mein Alles! — Minna! [nimmt sie in seine Arme, und drückt sie mit feurigen Küßen fest an sich.]

Wilhelmine. Was willst Du?

Wandrop. Willst Du Tochter seyn?

Wilhelmine. Ach! Ich versteh Dich. — Georg! — Georg! (mit starkem Ausbruch an sein Herz sinkend.)

Wandrop. Nun! Gott stärke uns! Minna, leb wohl! — Hier meine Mutter haben Sie Ihre Tochter wieder. — Bald sollen Sie auch Ihren Gatten wieder haben. — Holde, süße Taube! Minna! (Drückt sie nochmals an sich, legt sie der Mutter in die Arme, und läuft ab.)

Sie

Siebenter Auftritt.

Fr. Wikinſon. Wilhelmine. Gerichtsperſon. Williams.

Wilhelmine. Wandrop, — Wandrop! —
fort? — Nun dann! —

Fr. Wikinſon. O meine Tochter! — ich
empfinde Deinen Schmerz!

Wilhelmine. Ich bin alſo verkauft! —
Verworfen! —

Williams. Mein liebes Kind! — denken
Sie an Ihren Vater. — Ahmen Sie der Großmuth ihres Liebhabers nach. — —

Wilhelmine. Mach mich erſt zum Manne! — Doch ja, meine Mutter! — Ich
kann Sie, meinen Vater, retten. — Ja, ja!
Ich will mich aufopfern. — Will mich meines
Georgs würdig machen. — Will verſuchen,
ob ein Weib auch männlich handeln kann.

Fr. Wikinſon. Meine lieben Kinder! —
Ich beweine Euer Schickſal, und bewundre Eure Tugend! — Ich fühle das ganze Gewicht

D 3   des

des Opfers, das Ihr der Natur bringt, und nähme nicht den Besitz einer Krone, für den Stolz Eure Mutter zu seyn. — Du erwiederst die Wohlthaten Deiner Eltern zehnfach. — Welcher Dank ist hinreichend — —

Wilhelmine. Hören Sie auf, meine Mutter! —

Fr. Wilkinson. Nein, mein Kind! — Ich gab Dir nur das Leben und einige Erziehung, in der ich mein Vergnügen fand. — Aber Du giebst auf einmal durch Deine Selbstverläugnung, deinen Eltern, Ehre, Leben und rettest sie vom Elende! — Komm! Erhohle Dich. (umschlingt sie und führt sie ab.)

Achter Auftritt.

Gerichtsperson. Williams.

Gerichtsperson. Ihr mit Menschenblut bespritzten Eroberer der Provinzen, seht her, — und fühlt, wie klein eure Siege, gegen solche Siege sind; gegen Siege über sich selbst. — Ha! Welch eine Familie! — Welch große Seelen! —

Willi-

Williams. Ja wahrlich! — Nun, mein Herr, ein Wort, wegen Bänks. — Dem Schurken —

Gerichtsperson. Keine Sorge! — diese Heurath macht alles gut. — Bänks soll einen angekommenen Brief aus Amerika vorgezeigt haben. — Der Gouverneur aus Rache ergrif die Gelegenheit. — Vielleicht aus Zwang, zu seinem Endzweck zu gelangen. — Allein, am Ende dürfte Bänks sich selbst in der Falle fangen. — Gedult! —

Williams. Der Herr Gouverneur ist doch ein böser Mann!

Gerichtsperson. Wir sind leider zu weit von London entfernt. — Leben Sie wohl. — Ich achte den heutigen Tag für meinen glücklichsten, an dem ich durch Zureden, das Werkzeug war, eine so edle Familie zu retten. [geht ab.]

Neunter Auftritt.

Williams. Hernach Betty und John.

Williams. Ein braver Mann! — Er beschämt seinen Vorgesetzten.

Betty

Betty. [traurig.] Lieber Herr Williams! —
eine Frage: ist denn unsere Herrschaft so gar
unglücklich, ist denn alles verlohren — — gar
alles?

Williams. Alles — nicht so viel bleibt
übrig, um sich einen Tag vor Hunger zu sichern.

John. Ach! du lieber Gott! das ist be=
trübt! Liebe Betty, unser Vermögen, daß wir
uns zeither sammleten, um damit in unserm
Ehestande was anzufangen — ist auch mit ver=
lohren. — 280 Pfund, für mich eine große
Summe! -

Betty. Und ich 300 Pfund Erbtheil, daß
ich Herrn Wikinson aufzuheben gab, nebst noch
200 Pfund rückständigen Dienstlohn. Ach, ich
armes Mädgen — —

Williams. Lieben Kinder! seyd ruhig,
ihr verliehrt keinen Schilling, und wären die
Schulden noch größer. — Dienstlohn und
Waysengelder müßen voraus bezahlt werden.

Betty und John. Ach, lieber Vater!

Betty. So wären wir ja glücklich.

John.

John. Aber wie machen wirs denn, daß wir unser Geld bekommen?

Williams. Ich will die Schuldforderung aufsetzen, die gebt Ihr dem Gerichte ein; — Unsere Bücher werdens beweisen; — und so — —

Betty. Wären wir auf einmal reich; beynahe 800 Pfund! ohne die Interessen die uns unser lieber, gütiger Herr versprach); Aber wir reich und glücklich — John! — Wir reich und glücklich! — und unsere gute Herrschaft so unglücklich und bettelarm? — John, lieber John!

John. Ach, das Gott erbarm! Meine Freude ist fort! — Ich muß weinen.

Betty. Ich habe einen Einfall! — John! — — auf Gottes weiten Erdboden giebts keine solche Herrschaft. — Was haben wir ihnen nicht zu danken. — Wenn wir — — —

John. Goldmädchen! — liebe süße Betty — ich merks, was Du willst; — nicht wahr? — Du denkst, wenn wir so unsrer Herrschaft, unsern Reichthum darböthen — —

D 5 **Betty.**

Betty. Lieber John! [drückt ihn an ihr Herz]
Ja, das wäre meine Meinung. — Willst
Du? — He? —

John. Ob ich will? — sanftes, fühl=
bares Mädchen! — sollt ich als Mann, weni=
niger gut, und brav seyn? — Ja, Betty! das
wollen wir thun; auf einige Zeit ist doch gehol=
fen, und wer weiß, ob der Himmel nicht un=
verhoft seine Hand zu kräftigerer Hülfe darreicht.

Betty. Ja gewiß, mein Lieber! und sieh
nur, ich kann hübsch nähen und stricken; das
alles hab ich meiner Herrschaft zu danken; und
wenn nichts zu nähen giebt, will ich waschen,
und sollt ich mir die Hände wund reiben. —
Wenn ich nur was verdiene. —

John. Und wenn ich nichts zu schreiben
habe, will ich im Felde arbeiten; — will Holz
hacken, und wenn mir der Schweiß übers Ge=
sicht herab läuft, will ich mich immer mit dem
Gedanken wieder stark machen: — Diese Tro=
pfen fließen für deine rechtschaffene Herrschaft! —
und da wird mir alles leicht werden. — Meine
seelige Mutter sagte immer: — Wer Gott vor
Augen

Augen hat, fromm lebt, und fleißig arbeitet, dem wird alles unter der Hand zu Seegen.

Williams. Ihr vortreflichen Kinder! Kommt! ich muß Euch küßen. — O du allgewalltiges Wesen! Wie wunderbar und heilig bist du in deinen Werken. (Man hört einen Kanonenschuß.) Ha! ein Kanonenschuß! — noch einer — ein dritter? — Ein Schiff kömmt. Wär es doch, und wär alsdann alles so wie ichs wünschte. — Wie wird mir auf einmal, so ganz leicht ums Herz. — Gute Ahndung! — noch einer! — Nun du gütiger Allvater der Menschen, du wirsts schon machen wies recht und gut ist. — Lebt wohl! Meine lieben Kinder. Vielleicht folgt Euch Gotteslohn augenblicklich auf Eure edlen Gesinnungen. — O, daß ich doch der Vater solcher Kinder wäre! —

(ab.)

Zehnter Auftritt.
John. Betty.

Betty. Der liebe Mann! Wo läuft er denn hin?

John.

John. An Hafen wird er laufen. — Wenn er nur bald wieder käme, daß wir die Schrift hätten. — Ach mein liebes Bettchen, was für ein gutes Mädchen bist Du doch. — Wie will ich Dich doch so herzlich lieb haben — —

Betty. Und ich Dich gewiß nicht weniger, guter John! — Abends, wenn wir von Arbeiten kommen, und müde seyn werden, will ich Dich mit Küßen einschläfern, und früh wieder mit Küßen aufwecken. — Eine schlechte Hütte auf dem Felde, ein Stück schwarzes Brod, ein fröhliches Herz, und so einen guten lieben Mann im Arm: — Ach, das ist ein kleiner Himmel auf der Welt. — [Gehn Arm in Arm ab.]

Ende des zweiten Aufzugs.

Dritter

Dritter Aufzug.

Ein Seehafen, worinnen verschiedene Schiffe liegen. Besonders ein großes, das eben an= gekommen ist. Zur einen Seite sieht man einen Theil vom Castell.

Erster Auftritt.

Man ist beschäftiget die Schiffe zu befestigen, und die Brücke zum Aussteigen zu legen. Viele Ma= trosen, viele Mohren bewafnet. In einem an= dern Schiffe sieht man verschiedene Christen=Scla= ven hervor blicken. Auftretende Personen sind:

Brocks, in Mohrisch= oder Türkischer Kleidung

Ein Frauenzimmer, gleichfalls Mohrisch ge= kleidet, mit einem übers Gesicht herunter hangenden Schleyer; hat einen Buben von 9 Jahren am Arme, dessen Gesicht schwarzbraun ist. Dann noch einige **Schiffsofficiere** und **Seeleute.**

Ein Schiffsofficier [schreyt laut:]

Nun hätten wirs überstanden! — Gott sey Dank! — wieder auf christlichem Lande. — Nun eine volle Lage zum Dankopfer!

[Es wird geschossen.]

Viele

Viele Sclaven [schreyen, indem sie ihre Ket= ten in die Höhe heben] Gelobet sey der Gott der Christen, von nun an bis in Ewigkeit! — —

Der Schiffofficier. Noch einen vollen Gruß zur Ehre unsers Königs und unsers Va= terlandes! —

Alles schreyt: Es lebe der König und unser Vaterland! Juhe!

[Es wird geschossen.]

Der Schiffoffizier zu Brocks. Nun mein vortreflicher Herr! jetzt steigen Sie an das so sehnlich gewünschte Land. — Gott schenke Ihnen ein langes Leben, zum Wohl und Ge= deyen aller armen nothleidenden Mitmenschen. — Noch einen Gruß zur Ehre unsers braven Schiffcapitains! —

Die Matrosen. Es lebe unser braver Schiffscapitain!

Die Sclaven. Unser Erlöser und Be= freier!

Alles. Er lebe! Juhe!

[Wieder geschossen.]

Brocks

Brocks [noch oben auf dem Schiff] Ich
dank Euch, meine Lieben! — Heute ruht
aus. — Der künftige Tag soll ein Dankfest
seyn, an dem wir dem Himmel unsre inbrünsti=
ge Dankgebethe widmen wollen. Ich sehe Euch
heute noch alle wieder. — Itzt meine Toch=
ter! — den Namen gaben Sie mir selbst —
betreten Sie das Vaterland ihrer Eltern, bald
sollen Sie in ihren Armen seyn.

Das Frauenzimmer. O mein Vater! —
nur bald — bald!

Brocks. Gewiß — gehn Sie nur —
[Das Frauenzimmer mit dem Kind geht über die Brü=
cke. Brocks folgt ihr, indem schiebt sich die Brücke,
und er fällt; hält sich aber an einen Ruderhaken, den
man ihm, wie zum Anhalten auf der Seite hielte.]
Alles ruft: Himmel! Das Frauenzimmer
Hülfe! mein Vater! [man erhält ihn aber glück=
lich, daß er nicht ganz hinunter fällt, und hebt ihn
vollends ans Land. Er ist erschrocken. Williams, der
vorhin voll Angst und Bewegung nahe am Ufer stand,
war beygesprungen und hat ihn helfen ans Land heben.

Brocks. Ha! wunderbar! sollte dis eine
unglückliche Ahndung seyn? — allzugütige
Vor=

Vorsicht! — Der erste Schritt der Rettung
wäre bald der letzte meines Lebens gewesen. Ich
danke dir für meine jetzige Erhaltung, für mei=
ne zwanzigjährige Leiden und für meine wunder=
bare Befreiung, — für deinen Seegen, mit
dem du mich überschüttet hast. — Ich erneure
und verdopple mein feierlich gethanes Gelübde,
wenn ich glücklich in mein Vaterland zurück kä=
me, die Hälfte meiner Reichthümer den Un=
glücklichen zu widmen. — Ich wills gern er=
füllen, nur gewähre mir den letzten einzigen
Wunsch, meine Familie wieder zu sehn, und
dem, der die erste Ursache meines Glücks war,
zweifältig wieder zu geben, was ich ihm schul=
dig bin. — Und Du, ehrwürdiger Greis! der
Du Deine hülfreichen Arme mit zu meiner Ret=
tung darbotst, sey meines thätigsten Danks
versichert.

Williams. Mein Herr! ich that was ich
mußte, und jeder andere auch gethan haben
würde. — Aber doch nehm ich alles an, was
mir Ihre Großmuth anbietet. — Nicht für
mich; denn ein siebenzigjähriger Mann mit ge=
bleichten Haaren braucht eben nicht viel mehr,

und

und das wenige, was der Rest meiner Tage verlangt, habe ich auch selbst. — Aber für meinen armen unglücklichen Herrn, dem ich 40 Jahre diene, und den ich immer als ein Muster der Rechtschaffenheit bewundert habe. Er ist durch einen zweifachen Banquerott mit seiner Familie bis an Rand des Verderbens gebracht; mußte jetzt in der nehmlichen Stunde, da Sie vielleicht mit unsäglichen Reichthümern anlangen, im 65ten Jahre seines frommdurchlebten Alters ins Gefängniß wandern.

Brocks. Gütiger Himmel! welch ein Zufall!

Das Frauenzimmer. Sonderbar! — O mein Vater!

Williams. Bey diesem weißen Kopfe, den der heftigste Kummer beynahe verrückt gemacht hat — Bey Ihren ausgestandenen Leiden, (wie ich gehört habe) — Bey jener seeligen Erwartung jenseits des Grabes, helfen Sie uns. — 4000 Pfund machen eine tugendhafte Familie glücklich, und Gottes Seegen wird Ihrer edlen Handlung folgen. Die ganze Insel soll Ihnen danken.

E   **Brocks.**

Brocks. O mein lieber Mann! — Ich
ehre Dich. — Danke Dir für die Gelegenheit.
— Wärens 10000, auch mehr. — Mein
Herr, [zum ersten Officier] gehen Sie geschwind
zum Gouverneur; beschwören Sie ihn in mei=
nem Namen, um des unglücklichen Mannes
Freiheit — ich will alle seine Schulden bezah=
len — eh keinen Tropfen Labung zu mir neh=
men, bis dieser Gefallene gerettet, und in vol=
ler Freiheit ist.

Das Frauenzimmer. Auch ich will die
Hälfte tragen. — Ich laß mirs nicht nehmen.
Ihre Weigerung würde nur vergebens seyn. —

Brocks. O meine Tochter! — Nun, Herr,
gehn Sie eiligst zum Gouverneur.

Der Schiffsofficier. Mit Freuden; vor=
treflicher Herr! Nun kommen Sie, kommen
Sie. [zu Williams.]

Williams. Barmherziger Gott! [schlägt die
Hände zusammen] Ich kann nicht, hier
drückts — Bothe des Friedens, Retter, Be=
freier! — Mein Gefühl drängt sich zum Her=
zen und hemmt meine Zunge. — Bald soll sie

zu

zu Ihren Füßen seyn, die ganze tugendhafte Familie. Ha, ha! — Welch ein Tag! — Fort, ihr alten Knochen.

[Er will mit dem Schiffsofficier abgehen, und John stößt auf ihn.]

John. Herr Williams, wo ist unser junger Herr? — Er kam verzweifelt ins Haus zurück, lief in Ihr Zimmer, stürzte bald mit einer Pistole wieder heraus, schrie: Willkommen! willkommen! und so floh er aus dem Hause. Alles ist in Aengsten.

Williams. Ich Unvorsichtiger! — Du gütiger Menschenvater, rett' ihn vor Uebereilung! — vollende Dein Werk! geh, John, nimm jemanden zu Dir, such ihn auf; ich kann nicht — habe zu thun. Geh, uns ist geholfen. Bald sind wir alle glücklich.

[John läuft ab.]

Williams [zum Offizier] Kommen Sie!
[Beide gehn ab.]

Zwey-

Zweyter Auftritt.

Brocks. Das Frauenzimmer. Der Knabe.

Brocks. Ein verehrungswürdiger Greiß! Wie wunderbar sind deine Fügungen, o Vorsicht! Der Tugendhafte fällt, und der Räuber steht. —

Das Frauenzimmer. Mein Vater, ich wiederhole meine Bitten, so bald, als möglich, wieder abzureisen. — Mein Busen klopft meinen Eltern entgegen. — Vierzehn Jahre mußt' ich sie entbehren.

Brocks. Sobald als möglich! Hier hab ich noch ein wichtiges Geschäfte zu besorgen, welches mit meiner Geschichte in Verbindung steht. Ha! hier bist Du ja. [zu dem Buchhalter, der gestern voraus gelaufen war, um Quartier zu bestellen.] Bestellt wirst Du wohl alles haben? Führe mich ins Wirthshauß. — Es ist mir wunderlich ums Herz. (gegen das Schiff) Daß alles schleunig befolgt werde! Kommen Sie, meine Tochter! — Und Du kleiner Mischmasch von Europäer und Mohren. —

Der

Der Knabe. Du mußt mich tragen, lieber Vater! ich kann auf der bucklichten Erde nicht gehn.

Brocks. Das sind Steine, mein Kind. (nimmt ihn auf den Arm.)

Das Kind. Du mußt mich führen, Mutter! — zu meinem weissen Vater mußt Du mich führen.

(Der Buchhalter führt sie zur Seite ab.)

Ein alter Buchhalter (oben auf dem Schiff) Nun, da greift an, und tragts hinaus ans Land. Setzt es hin. — Frisch! — hier das auch! — Macht hurtig!

(Bootsknechte tragen verschiedene Küsten und Verschläge aus dem Schiff ans Land.)

Dritter Auftritt.

Vorige. Der junge Wandrop.

Wandrop (zerstört. Die Haare unordentlich herunter fliegend, und die eine Seite des Huts hängt herunter, mit einer Pistole unter dem Rocke, kömmt von der andern Seite, der entgegen, wo Brocks abgegangen. Tritt wild auf:) Ha! wo ist er?

E 3   Auch)

Auch hier nicht? Barbar! wo bist Du? —
Komm, Du sollst sie haben, mein Alles, mit
ihr auch mein Leben. — Wo ist er hingegan=
gen?

Der alte Buchhalter. Wer denn?

Wandrop. Der Gouverneur! — Er
sey an Haven geritten, sagte man mir.

Der alte Buchhalter. Ich hab ihn nicht
gesehen, kenn ihn nicht.

Wandrop. Nicht? — Nun dann —
Uf, wie friert's mich — und heute morgen
hier — ja hier war's, braußte mir südheiße
Luft entgegen. — (Ketten rasseln) Wer seyd
ihr? — Was für schwarze Larven? — Seyd
ihr Teufel oder Menschen? — Es giebt hier
auch Teufel! — weiße Teufel, in Menschen=
Gestalt. — Aber ihre Seelen sind schwärzer,
als eure Köpfe. Listiger, rachgieriger als der
Höllenbewohner. — Was staunst Du mich an,
seltsamer Mann, mit Deiner braunen Haut
und dem schneeweissen Haar? — Wenn Dein
Herz so ächt und gut ist, wie mich diese Doll=
metscher überreden wollen, die mich so bedenk=
lich

lich anstarren, so hilf mir; beweis es, daß Du gut bist. — Hilf mir! —

Der alte Buchhalter. Wie denn? sprich! wenn ich kann.

Wandrop. Du willst mir helfen, guter Mann? Nun, so bring mich fort, schmiede mich ans Ruder fest, setz mich in einen kleinen Kahn, will wider Wind und Wellen kämpfen. — Wenn ich nur von dieser Küste wegkomme. — Mein Schicksal kann nicht grausamer werden, auch selbst bey Menschenfressern nicht. — Hier verstehn sies besser; fressen uns Herz und Gehirn nur halb, daß wir mit der andern Hälfte unser Elend fühlen und denken können. — Komm, laß mich fort.

Der alte Buchhalter. Der arme Teufel! — Er muß aus dem Tollhause entsprungen seyn.

Wandrop [sieht einige Goldstangen] Ha! was seh ich? — Gold! — gieb mir das Gold, ich will mich Dir verkaufen, will Dein Sklave seyn. Gold, Gold! muß ich haben.

Der

Der alte Buchhalter. Wäre es mein, und könnte ich Dir Deinen Verstand damit erkaufen!

Wandrop. Verstand? — ich mag keinen Verstand. Gold brauch ich! — Gold! — Dein ist es nicht, sagst Du? — Wessen Gold ist es? sprich!

Der alte Buchhalter. Meines Herrn.

Wandrop. Wer ist er? Wo ist er?

Der alte Buchhalter. Herr Brocks. — Dort in jener Gasse kannst Du ihn finden in einem Wirthshause.

Wandrop. Ich danke Dir — Aber trags nicht fort, kein Mensch kanns besser brauchen. Wart.

[Läuft ab.]

Der alte Buchhalter. Der Mensch dauert mich. — Unglück scheint ihm den Verstand verrückt zu haben. — Wenn ihm Gold helfen kann, so ist ihm gewiß geholfen. — Ich kenne meinen Herrn. — Nun packt an, und folgt mir.

[Sie greifen an, und folgen ihm tragend.]

Vierter

Vierter Auftritt.

Ein Zimmer im Wirthshause.

Brocks. Das Frauenzimmer.

Brocks. Ja, meine Beste! — Ich ver=
sprech es Ihnen, mir ist selbst daran gelegen
bald im Schooße meiner Familie zu seyn. —
Meine Gattinn und Kinder an mein Herz zu
drücken. — O, des seeligen Augenblicks! —
Nur den wünsch ich zu erleben; und doch fürcht
ich mich für ihm. — Gewissen, Gewissen!
wenn du unser Ankläger bist! — —

Das Frauenzimmer. Wie könnte ein
Mann wie Sie, sich vor der Stimme des Ge=
wissens zu fürchten haben? — Jeder Tag
Ihres Lebens, seit der Zeit, da Sie mein Vater,
mein Beschützer geworden, zeichnete sich mit
edlen Handlungen aus. — So viele Christen=
sclaven ihres Jammers befreit, und heute noch,
der erste Schritt auf Englischem Boden, ist Ret=
tung und Wohlthat! —

Brocks. Ausübung der Pflicht, meine
Freundinn; weiter nichts. — Ich weiß aus

E 5 eigner

eigner Erfahrung, wie einem Unglücklichen zu
Muthe ist. Weiß, wie nahe Reichthum und
Armuth an einander gränzen, wie vielen Be=
schwernissen und Zufällen der Kaufmannsstand,
unterworfen ist. — Oft macht uns ein feiner
Betrüger auf immer unglücklich, und ohne un=
fer Verschulden ziehen wir andere mit hinab. —
Das Jauchzen und Schreien des Pöbels, als.
wir durch die Gasse herauf giengen, beweißt,
welch rechtschaffener Mann der gerettete seyn
muß. — Ach! so lange ich habe, soll kein Dürf=
riger schmachten dürfen. —

Das Frauenzimmer. Edler Mann! auch.
ich will treulich beisteuern. — Meine und Ihre
Familie soll nur eine ausmachen. Mein Vater,
der Ihrem Vater alles schuldig ist, wird mit
Freuden Ihr Bruder seyn. — Wär ich nur bald
in seinen Armen. — O der entzückenden
Ueberraschung und des Erstaunens Großvater
zu seyn! —

Brocks. Ja, meine Tochter! nichts gehet
über die Wollust eines Vaters, nach langer
Trennung, nach aller fast verlohrnen Hoffnung,

seine

seine Kinder an sein Herz drücken zu können! —
Jetzt seegne ich meine Leiden, ich hatte sie ver=
dient; — sie werden mir meine Freuden fühl=
barer machen. — Welch Geklirre?

Frauenzimmer. Ich glaube mein kleiner
Afrikaner schlägt zum Zeitvertreib die Fenster ein.
[läuft ins Nebenzimmer.]

Brocks. Ach! Ich weiß nicht; — ich
sollte mich freuen, und doch bin ich so melancho=
lisch, — so traurig. — Wer kömmt so stür=
misch — —

Fünfter Auftritt.
Brocks. Der junge Wandrop.

Wandrop. [stürzt herein und stutzt] Wer
bist Du? — ein Mensch oder eine Erschei=
nung. — Bist Du der Herr von dem Gol=
de — den großen Schiffen, — der Besitzer
des großen Reichthums? — gieb mir Deinen
Ueberfluß! Gold gib mir, ich will Dein Sklave
seyn, will Dir ander Gold verdienen, — will
hinabsteigen in die Schachten; mit den Nägeln
will ich graben, will schwerere Last tragen als
Spa=

Spaniens Peruaner. — Nur gib mir jetzt
von Deinem Golde. Gib! — ich beschwöre
Dich bey Deinem Gotte! — ich muß haben —
[faßt ihn an.]

Brocks. Zurück Rasender! [Will nach dem
Sübel greifen der auf dem Tische liegt.]

Wandrop. Halt! — gieb mir Gold,
oder — [zieht die Pistole hervor, drückt unversehens
ab, und schießt ihm am Kopfe vorbey, daß die Kugel
durchs Fenster fährt. Er ist wie vom Donner gerührt
und läßt die Pistole fallen.] Ha! was ist das? —

Brocks. Hülfe! — Mörder! — [sinkt auf
den Stuhl nieder.]

Sechster Auftritt.

Das Frauenzimmer. Vorige.

Das Frauenzimmer. [stürzt herein] Him=
mel was ists? [stürzt zurück und schreit zum Fenster
hinaus] Mörder! Feuer! Hülfe! —
[Es stürzen verschiedene Leute herein.]

Der alte Buchhalter. [dergleich hinter drein
mit einigen Bootsleuten herein stürzt.] Ich hörte
einen

einen Schuß. — Um Gottes willen mein Herr! Leben Sie?

Brocks. Dort! dort! [weißt auf Wandrop, der zeither unbeweglich gestanden war.]

Der alte Buchhalter. Ha, Verfluch=ter! — Nieder mit Dir Hund! [Er reißt ihn zu Boden mit Hülfe der Bootsleute] Was hält mich ab, daß ich Dir Meuchelmörder nicht dis Messer durch den Leib stoße!

Das Frauenzimmer und Brocks. [indem er das Messer heraus zog, schrein:] Halt.

Das Kind. [schreit:] Nicht todt stechen; — nicht todt stechen — —

Der Seeofficier. [kömmt eben herein] Was ist hier für Lärm?

Der alte Buchhalter. Dieser Bösewicht wollte meinem Herrn eine Kugel durch den Kopf jagen.

Seeofficier. Schrecklich! — Sind Sie verwundet, mein Herr?

Brocks. Nein, aber erschrocken. — Es saust mir vor den Ohren.

See=

Seeofficier. Himmel. — Das gieng nahe vorbey. — Ihr Haar ist versengt.

Frauenzimmer. O mein Vater! bald wärs um Sie geschehen gewesen. [wirft sich an seine Brust.]

Siebenter Auftritt.

Sergeant mit Wache. Vorige.

Sergeant. Hier bin ich. — Was ist da zu thun?

Seeofficier. Da, nehmt den Mörder in Verhaft.

Sergeant. Was Teufel! Das ist ja des Banquerottmachers Sohn.

Alle. Was?

Sergeant. Ja, ja! den ich vor ein paar Stunden auch in Arrest führte, und der, wie ich eben gehört habe, wieder los kommen soll. — Komm Bursche! komm! — Vorhin wollte er sich auch schon maußig machen. — Wir wollen Dirs einträuken.

See

Seeofficier. Grausamer! Dem Retter Deines Vaters, wolltest Du das Leben rauben? — Du erstarrest? — ja, er ists, der für ihn bezahlt, ihn wieder frey und glücklich macht.

Wandrop. Mein Vater gerettet, durch ihn? — und ich — Ha! führt mich fort! — ich will gern sterben. — Aber bey dem lebendigen Gott, und allem was im Himmel und auf Erden heilig ist, schwör ich, daß ich an diesem Unglück unschuldig bin! — Wußte nicht, daß die Pistole geladen war; — wollte nur drohn und schrecken. Der Teufel selbst muß sie geladen haben.

Der alte Buchhalter. Der Teufel bist Du! — Nur fort mit ihm! —

Sergeant. Marsch mit Dir!

Brocks. Mißhandelt ihn nicht! —

Frauenzimmer. Geht barmherzig mit ihm um! —

Wandrop. Nicht um mein Leben, nur um Ihre Verzeihung, bitte ich. — Ich bin unschuldig. —

[Wird abgeführt.]

Achter Auftritt.

Brocks. Das Frauenzimmer. Schiffsofficier. Der alte Buchhalter,
Bootsknechte.

Brocks. Ach! — Ich weiß nicht wie mir
wird. — Ich fühle Erbarmen über diesen Unglücklichen. — Thränen drängen sich mit Gewalt hervor. — Mein Herz klopft gewaltig.

Frauenzimmer. Auch ich muß weinen. —
Er dauert mich. —

Seeofficier. Sein Gesicht verräth keinen
Bösewicht.

Brocks. Gehn Sie, mein Herr! — berichten Sie dem Gouverneur alles, und entschuldigen Sie ihn. — Machen Sie ihn frey,
und geben Sie ihn seinem Vater wieder. Vielleicht ists wahr, was er sagte, daß der Schmerz
über seiner Eltern Unglück ihn zur Verzweiflung
brachte. — Dem sey nun wie ihm wolle; —
Ich mag sein Blut nicht. — Retten Sie ihn,
mein Herr! — Ihre Mühe soll reichlich belohnt
werden.

See-

Seeofficier. Ich will mein möglichstes
thun. (Geht ab.)

Frauenzimmer. Kommen Sie in mein
Zimmer. — Es riecht hier nach Mord. — Er=
holen Sie sich.

Brocks. Wie ist mir! — meine Thränen
rollen wie Regen über die Wangen herab. —
Kommen Sie! — lassen Sie mich beten und
danken. (Gehen ab.)

Neunter Auftritt.
Ein gemeines Zimmer des Kerkermeisters.

Herr Wilkinson.

(Liest:) Ja, ja. Richtig! — Hoffet auf
mich! und es soll euch geholfen seyn. — Das
wird's auch (indem er aufsteht) Hier nicht, aber
dort! — nun auch gut, wenns nur schon so
weit wäre. — Ich dächte mein Faden müßte
schon morsch seyn. Dürres Gerippe, so schneid
ab; — sey mitleidiger, als der alte Phantast. —
Jetzt wärs geschehen, und ich wär frey. — Das
Leben, ha, ha, — ein herrliches Geschenk. —
Ja, wers brauchen kann. — Ich mags
F nicht

nicht — ich mags nicht; — für einen Schilling
gäb ichs hin, — wer mir den nur gäbe, so könn=
te sich mein Weib und Kind auf einen Tag Brod
kaufen, und mein Hunger wäre mit einer
Schaufel Erde auf immer gesättiget.

Zehnter Auftritt.

Gerichtsperson zu Hrn. Wikinson.

Gerichtsperson. (kommt eiligst herein) O
mein bester theuerster Herr Wikinson! — mit
Freuden komme ich Ihnen das Ende Ihres Un=
glücks, und die Wiederherstellung Ihrer Ehre zu
melden. Sie staunen mich an? — gewiß! —
Bänks ist ein Nichtswürdiger. Seine Anklage
ist falsch und boshaft befunden worden. — Die
Briefe waren an Ihren verstorbenen Herrn
Bruder, von seinem Freunde Koocks aus Bo=
ston. — Gut daß er tod ist, es hätte ihm
Verantwortung und vielleicht den Verlust seines
Vermögens zuziehen können. — Bänks soll
seiner Strafe nicht entgehen. — Der Gouver=
neur bereut, daß er sich aus Eifersucht verblen=
den ließ, und Ihr Falliment ist gleichfalls auf=

ge=

gehoben. — Herr Brocks, der vortreflichste
der Menschen, bezahlt heute noch alle Ihre
Schulden, und legt überdis eine große Summe
zu Ihrer künftigen Erhaltung bey. — Williams
wird gleich hier seyn — Er lief Ihre Gemahlin
und Tochter zu hohlen. — Herr Wikinson!
Herr Wikinson! Wo sind Sie? Die Freude hat
ihn ganz betäubt.

Eilfter Auftritt.

**Williams. Fr. Wikinson. Miß Wil‐
helmine. Vorige.**

Williams. Freude! Glück, Herr Wikin‐
son! — Wir sind gerettet. — Ich muß Sie
an mein Herz drücken.

Fr. Wikinson. O mein Lieber, Bester,
[mit ausgebreiteten Armen] ich hab Dich wieder!

Wilhelmine. O mein Vater! [zu Williams]
Gieb mir meinen Vater; laß mich — —

Williams. Nun, da haben Sie ihn, drük‐
ken Sie ihn recht fest. — So, so! — Was
das für eine Freude, für ein Jubel ist. — Juhe! —

tanzen

tanzen sollt ihr alten Knochen! — springen will ich, wie ein 18 jähriger Wildfang.

Fr. Wikinson. O mein Wikinson! warum so stumm? — kein Ausbruch der Freude auf Deiner Zunge? — Bist so glücklich, gerettet, in den Armen Deines Weibes, Deiner Toch= ter! —

Wikinson. Ists Traum? oder wollt Ihr mich täuschen? — ich gerettet, glücklich? — wie wäre das möglich? — Noch vor einer Stunde, ein Staatsverräther, ein Bettler! —

Fr. Wikinson. Und nun die Stütze, der Erhalter der Deinigen.

Gerichtsperson. Ein rechtschaffener Mann, ein reicher Mann!

Wikinson. Laßt mich zu mir selbst kommen!

Fr. Wikinson. An Deiner Gattin, Dei= ner Tochter, Herzen. — Unsre Küße sollen Dir Besinnungskraft einathmen. [küssen ihn.]

Wilhelmine. O, mein liebster, goldner Vater! — Sehen Sie meine Freudenthränen. Sie benetzen Ihr ehrwürdiges Gesicht.

Wikin=

Wikinſon. Welcher Gott that das?

Williams. Unſer Gott! unſer gütiger Allvater, an deſſen Barmherzigkeit Sie heute verzweifelten, den Sie verlaſſen wollten, und der Sie doch nicht verließ. — Der Ihnen aus einem fremden Welttheile, einen Retter, einen Schutzengel zuſandte. — Sagt ichs nicht, wenn die Noth am größten, iſt die Hülfe am nächſten. — Nun, Sie mögens mit ihm aus= machen. — Sehen Sie zu, daß er wieder gut auf Sie wird.

Wikinſon. Ach verzeih mir, ich bin dei= ner unendlichen Gnade unwürdig. — Um die= ſer Menſchen willen verzeih mir.

Fr. Wikinſon. Das wird er auch. — Nun fort von dieſem traurigen Ort. — Fort zu den Füßen jenes Mannes, der uns alles wieder gab, was uns das Verhängnis ab= zwingen wollte.

Wikinſon. Brocks, ſagten Sie, wer iſt er denn?

Ge=

Gerichtsperson. Das Muster eines Christen im Kleide eines Barbaren.

Williams. Der berühmte Kaufmann aus Afrika, von dem ich Ihnen heut erzählte, und der zu unserm Glück, vor einer Stunde anlangte.

Wikinson. So kommt, daß ich mein Herz, und alles was dran gefesselt ist, [seine Frau und Tochter an Händen haltend] zu seinen Füßen legen kann. [Sie wollen gehen.]

Williams. Was für Lärm?

Zwölfter Auftritt.

Vorige. [Sergeant mit Wache führen den jungen Wandrop herein, der Kerkermeister folgt ihm.]

Wikinson. Ha, was seh ich?

Fr. Wikinson. Mein Sohn? } Zugleich,
Wilhelmine. Mein Georg? } starren zurück.

Wandrop. Ha! [wie vom Donner gerührt.]

Sergeant. Wie sie alle erschrecken! — habts auch Ursache. — Schöne Frude erlebt Ihr!

Ihr! (zum Kerkermeister) Hier bring ich einen raren Vogel. Das Muster der Dankbarkeit! — Einen Mörder!

Alle. Mörder?

Sergeant. Nichts besser! — Wollts werden. — Der Wille gilt für die That. — Wollt' den reichen Kaufmann, der vor seinen Vater bezahlt, eine Kugel durchs gute Herz jagen.

Alle. Barmherziger Gott! —

Wandrop. Ich bin unschuldig. — Ich lief zum Gouverneur, Dich ihm zu verkaufen, — fand ihn nicht — kam zu Hause — sah eine Pistole — glaubte sie sey abgebrannt — ungeladen. — Nahm sie, um zu schrecken. — Gott, zenge mir! — Nur zu schrecken. — Lief an Haven — fand Gold — lief zum Besitzer, bat um sein Gold — umsonst. — Ich zieh die Pistole — droh ihm, und die Pistole geht los.

Sergeant. Ja wer das alles glaubte. — excusiren kann sich ein jeder Schelm.

F 4   Wan⸗

Wandrop. Verfluchter. [stößt ihn vor die Brust.]

Sergeant. Was! sich an der Wache vergreifen? [zieht den Säbel.]

Fr. Wilkinson und **Wilhelmine.** Halt!

Gerichtsperson. [dem Sergeant in Arm fallend] Nicht zu weit, oder — — —

Sergeant. Was, Herr? — schon gut! — Werde es schon gehörigen Orts anzubringen wissen. — Fort! ins Loch mit ihm! — in Eisenbande geschlossen, so ist der Befehl. [führen ihn fort.]

Wilkinson und **Fr. Wilkinson.** Mein Sohn! Mein Sohn!

Wilhelmine. Mein Georg! Mein Bräutigam!

Wandrop. [im fortführen] O meine Minna! (Wilhelmine will ihm nach, darf aber nicht. Sie fällt ohnmächtig nieder.)

Fr. Wilkinson. Mein Kind! (setzen sie auf den Stuhl.)

Gerichts-

Gerichtsperson. In die Luft mit ihr.

Wikinson. Nun alter Moralist, wie siehts aus? — Sind wir glücklich?

Williams. Wer ist Schuld daran? — wir wärens, wenn Sie nicht selbst — — Sie verstehen mich — —

Gerichtsperson. Nur getrost! — Wenns so ist, wie er sagt, so kann noch alles gut wer= den. — Wir wollen selbst zu Herrn Brocks gehen, um die ganze Sache ausführlich zu hören.

Wikinson. Ja, kommen Sie, ich muß meinen Sohn wieder haben, oder — — Bringt meine Tochter nach Hause. — Williams, Du bist ihr so viel, wie ich. — Komm. —

Fr. Wikinson. Himmel! solch bitteres Leid, auf so kurze Freude! — O welch ein Tag! welch ein Tag! (Alle ab.)

Ende des dritten Aufzugs.

Viertes

Vierter Aufzug.

Ein Zimmer oder Saal in des Gouverneurs Hause.

Erster Auftritt.

Gouverneur. Die Gerichtsperson.

Gouverneur.

Was sagen Sie? Er wäre hier gewesen, und in der Absicht, mir ein solches Opfer zu bringen?

Gerichtsperson. Ja, Herr Gouverneur, Ihr Canzellist, — die Wache am Hause werden es bestätigen. — Sie können leicht denken, daß dieser Schritt ihm viel kostet. — Ein junger, feuriger, wohlerzogener Mensch, mit dem edelsten Herzen! — Noch gestern die lachendsten Aussichten vor sich, heute auf einmal von der schrecklichsten Nacht umgeben, an dem Tage, da er die letzte Versicherung seines Glücks erreicht zu haben glaubte! —

Gouverneur. Ja, es ist ganz wahr; Aber wenn Sie wüsten, wie trotzig und stolz er mir

mir heute begegnete, da ich ihm das bevorstehende Elend vorstellte, — die vortheilhaftesten Anerbietungen that.

Gerichtsperson.   O Herr Gouverneur! mußte er wohl nicht? Denken Sie an Ihre erste Jünglingsjahre zurück, in denen das Blut einen stärkern, schnellern Umlauf hat, — wo uns oft eine Kleinigkeit zum Aufbrausen bewegt. — Die Liebe reißt uns in diesem Alter weit stärker hin. — Der Verlust des ersten Gegenstandes unserer Liebe ist, oder scheint uns Höllenquaal zu seyn. — Das Leben ist nur ein kleiner Verlust. — Wer anders, und kälter liebt, liebt freilich vernünftiger! — Aber die Schwärmerey der Liebe gewährt eine weit höhere Wollust.

Gouverneur.   Freilich, freilich! — Ich erinnere mich selbst noch jener angenehmen Zeit, in der man einzig und allein lebt, sein Leben fühlt. —

Gerichtsperson.   Nun dann, so werden Sie leicht seinen bemitleidungswerthen Zustand übersehen können. — Dieser gefühlvolle feurige.

rige Jüngling, aus Großmuth seinen Pflege=
vater zu retten, läuft verzweiflungsvoll, sein
liebstes auf der Welt, Ihnen anzubieten. —
Kein Wunder, wenn noch traurigere Folgen
daraus entstanden wären.

Gouverneur. Ich glaube selbst nicht, daß
Mord würklicher Mord seine wahre Absicht ge=
wesen sey. Vielmehr daß ein unglücklicher Zu=
fall — —

Gerichtsperson. Zuverläßig! — Mit
meinem Kopf wollte ich für die Wahrheit seiner
Aussage haften. —

Gouverneur. Alles gut! — Aber wie ist
der Sache abzuhelfen? — Das Leben kann
ihm, wenn seine Unschuld bewiesen wird, kein
Gesetz rauben. — Aber seine Freiheit kann er
doch vor der Hand nicht erlangen; und am En=
de wäre sie ihm auch nur eine Last. — Hier
wenigstens, wo er seine Geliebte verlohren; —
Er könnte neue, und gröbere Ausschweifungen
begehen. —

Gerichtsperson. Ach! wenn Sie großmü=
thig seyn wollten, Herr Gouverneur! — —

Gouver=

Gouverneur. Das sollen Sie sehen! — Ich halte mein Versprechen von heute morgen. — Er soll nach Indien, nach Frankreich oder wo er selbst hin will, reisen. — Mit Gelde will ich ihn versorgen; und wenn er einst ausgetobt hat, — auch auf sein ferneres Glück bedacht seyn. — Gehen Sie zu ihm, und thun Sie ihm den Vorschlag. — Zuerst aber machen Sie ihm die Hölle recht heiß. — Schwatzen Sie ihm viel vom Tode oder Galleeren vor; — dann wird ers schon näher geben.

Gerichtsperson [zuckt die Achseln] Ich wills versuchen. Aber ich fürchte — —

[ab.]

Zweyter Auftritt.

Gouverneur allein.

Ey, ey! Das ist wunderbares Gewebe von Begebenheiten! — Wie sichs doch so seltsam schicken muß? — Ich könnte also doch noch zu meinem Endzwecke gelangen! — Das hätt ich heute früh nicht gehoft; da sahs mißlich mit meiner Liebesangelegenheit aus. — Wer kömmt?

Drit-

Dritter Auftritt.

Miß Wilhelmine. Gouverneur.

Gouverneur. Himmel! Miß Wilkinson! —
Welch unschätzbares, unvermuthetes Glück!

Wilhelmine [die hereingestürzt war, und auf
einmal stutzte] Ach! ach! —

Gouverneur. Mein liebster Engel! —
Warum so bestürzt, so betroffen? — —

Wilhelmine. Ach! gnädiger Herr! sehen
Sie mich zu Ihren Füssen. — Erbarmen Sie
sich! Erbarmen Sie sich! — —

Gouverneur. Stehen Sie auf, meine lieb=
ste Miß! — Diese Stellung schickt sich nicht
für Sie! — Für ein solch vortrefliches Frauen=
zimmer, zu deren Füssen alle Mannspersonen
liegen sollten. — Stehen Sie auf! —

Wilhelmine. Vergebens, gnädiger Herr!
— Ich werde nicht eher aufstehen, bis ich Sie
erreicht habe. — Ich will mich wie ein Wurm
um Ihre Knie winden; sie mit meinen Armen
umschlingen; — nicht eher verlassen, bis Sie
mir

mir wieder geben, was Sie mir genommen
haben.

Gouverneur. Faßen Sie Muth, mein lie=
bes Kind! — Aber in dieser Stellung kann ich
Sie ohnmöglich sehen. — Kommen Sie, setzen
Sie sich. — Was in meiner Macht steht, soll
Ihnen gewährt seyn. — Wer könnte einem so
holdseeligen, entzückenden Geschöpfe was ab=
schlagen! — Die Bitten solcher Vorsprecher
sind schon immer im Voraus halb erfüllt. —
Setzen Sie sich! — Ich bitte nochmals.

[hebt sie auf.]

Wilhelmine. Nun dann! — Ach seyn
Sie doch ein mitleidiger verzeihender Richter!
Seyn Sie Mensch!

Gouverneur. Das bin ich, und noch mehr,
ein äußerst verliebter Mensch! — Und Sie
wissen wohl, die Liebe hat nur in weichen em=
pfindsamen Herzen ihren Aufenthalt. [will ihr
die Hand küßen] Sie ziehn die Hand zurück?

Wilhelmine. Verzeihen Sie — ich —
nein —

Gouver=

Gouverneur. So faſſen Sie ſich doch! — Sie ſind bey Ihrem beſten Freunde, der alles für Ihre Zufriedenheit zu wagen bereit iſt.

Wilhelmine. O vortreflicher Mann! Gott ſeegne Sie, wenn das Ihr aufrichtiger Ernſt iſt! — Ich will Sie mit unausſprechlicher Zärtlichkeit, als meinen Retter, meinen Wohl-thäter verehren.

Gouverneur. Wollen Sie das, mein Lieb-chen? — Nun gut, ſo ſollen Sie auch meine immerwährende Dankbarkeit kennen lernen! — Nicht wahr, Sie bitten um die Erhaltung des unglücklichen Wandrops?

Wilhelmine. Ja, gnädiger Herr! — Retten Sie ihn, dieſen edlen unſchuldigen Jüng-ling, der von Verbrechen ſo rein, ſo unbefleckt wie die Sonne iſt. — Ich will Ihre Füſſe mit Thränen benetzen. — Meine Eltern ſollen Zeit-lebens —

Gouverneur. Ich will mein möglichſtes thun, mehr vielleicht als ich thun ſollte. — Ich bin ſtets ein ſtrenger Beobachter meiner Pflicht gewe-

gewesen, aber diesmal will ich ein Auge zudrü=
cken, um mich Ihnen gefällig zu erweisen, in
der Hofnung, daß Sie es nicht weniger seyn
werden.

Wilhelmine. Wollen Sie mein Leben? —
Mit Freuden opfr' ich's für den Unglücklichen!

Gouverneur. Bewahre! — Nur Ihre
Liebe, wünsche, verlange ich. — Nur diese
kleine Hand.

Wilhelmine. Ha Barbar! — Ist das
Ihre Großmuth? — nicht mein, auch Wan=
drops Leben wollen Sie? — Beide dann! —
Wohl! mich zuerst.

Gouverneur. Miß! — Ihren Vater zu
retten, bot mir Ihr undankbarer Liebling selbst
Ihre Hand an, die ich um keinen Preiß vertau=
schen wollte. — Nun dann! — Ihm sein Le=
ben zu erhalten, das er doch durch die Strenge
des Gesetzes verwürkt hat, geben Sie mir Ihre
Hand, und machen mich, Sich, und Ihre
Eltern glücklich.

Wilhelmine. Er Ihnen meine Hand? —
Mein Georg? — Dis that mein Georg? —

Nein!

Nein! nimmermehr! — Und hat ers gethan,
so mußte sein Herz nichts davon. Verzweiflung,
Betäubung führte ihn zu diesem schrecklichen
Entschluß. — Stürzte ihn in der Folge in den
Abgrund. — Ich bin die einzige Ursache da=
von. — Verfluchen müßt' ich mich selbst, wenn
ich diesen Meineid an ihm begienge. — Die
ganze Welt müßte mich haffen, mein Geschlecht
mich verabschenen. — Ach, gnädiger Herr!
erbarmen Sie sich! — Seyn Sie großmüthig,
schenken Sie mir mein Alles, meinen Geliebten
wieder. — Bey Ihrer ersten Liebe, die Sie
gegen Ihre tugendhafte Gemahlinn hegten, bey
der Frucht Ihrer Liebe, Ihrer Tochter, und
derer ungewissen Schicksal, das Gott als höch=
ster Richter nach Ihren Handlungen richten und
bestimmen wird, bey den verwesten Gebeinen
Ihrer Eltern, die den Vorfahren des unglück=
lichen Wandrops alles schuldig sind. — Be=
schwör ich Sie, trennen Sie uns nicht. —
Wir wollen Ihre Kinder seyn, Ihre letzten Ta=
ge in reiner Wollust der Tugend hinfliessen ma=
chen. — Ihre Augen zudrücken, und dann Ih=
re scheidende Seele mit unserm Gebete bis zum
Thron des Ewigen begleiten.

Gouver=

Gouverneur. Sie rühren mich. — Ja,
ich will, könnt ich nur Ihr Verlangen so ganz
erfüllen! Aber es steht nicht allein bey mir,
wenn ich auch bey Gerichte seinen Tod vielleicht
verhindern könnte. — Vielleicht, sag ich —
denn wie kann man ihn seines Verbrechens ganz
frey sprechen. — Sein Geständniß allein, ohne
Zeugen, ohne andere gültigere Beweise, ist
nicht hinlänglich; — so kann ich ihm doch die
gänzliche Freiheit nicht auswürken, nicht zuge=
stehen.

Wilhelmine. Ha, ich verstehe Dich, bar=
barischer heimtückischer Räuber! — Ausflüch=
te — Trennung — ich verstehe Dich! —
Aber vergebens. — Häufe Dir nun all die ent=
setzlichen Folgen auf Deine Seele, die durch
Grausamkeit entstehen können. — Schleppe
den nagenden Wurm in Deinem Gewissen mit
Dir herum. — Angst und Verzweiflung mar=
tre Dich! — Gottes Erbarmen fehle Dir in
Deiner letzten Todesstunde! — Verröchle Dei=
ne Seele zur Verdammniß! — Und dann dort,
dort sollen unsre Schatten Deine Qual noch
häufen und vervielfältigen. [geht wüthend ab.]

Vier=

Vierter Auftritt.

Gouverneur allein.

Ho! — das war schrecklich. — Es fährt
mir durch alle Gebeine. — Nein, so weit solls
nicht kommen. Weh mir! — Liebe, Liebe!
wie weit kannst du uns treiben! — Ich will
versuchen, was ich thun kann, — ob gänzliche
Rettung möglich ist. — Ich wünsche es selbst.
— Ich mag mit keinem Fluch belastet in die
Grube sinken.

(ab.)

Fünfter Auftritt.

[Ein Zimmer im Wirthshause.]

Brocks. Der alte Buchhalter.

Brocks [mit verschiedenen Schriften in Hän=
den] So wäre denn alles in Ordnung, und
der brave Mann wieder in guten Umständen.—
Ist auch von Gerichtswegen wieder alles in
sein Haus geschaft worden? — und die Ge=
bühren entrichtet? —

Der alte Buchhalter. Ja, mein Herr,
das meiste ist besorgt. Noch waren sie mit
Aus=

Ausräumung der Mobilien beschäftiget, als ich den Befehl brachte, alles wieder an seinen Ort zu bringen.

Brocks. Geh, mein lieber James, und vollende das Letzte. — Komm bald zurück.

Der alte Buchhalter. Dazu werd ich nicht viel Zeit brauchen. [ab.]

Brocks. Jede Minute vermehrt meine Ungeduld! — Wenn ich doch eine gute Nachricht erhielte; — wenn sie alle noch lebten! — Was fehlte alsdenn wohl noch zu meinem vollkommnen Glücke?

Sechster Auftritt.

Herr und Frau Wikinson. Williams. Brocks.

Williams. Hier mein Herr! — Hier bringe ich Ihnen die unglückliche und nun durch Sie gerettete Familie, die Ihnen allein, Ehre, Glück und ein ruhiges Leben zu danken hat.

Wikinson. Hier zu Ihren Füssen, mein Herr, lassen Sie mich liegen! — Könnte ich

Wor=

Worte finden, die Stärke des Danks zu schil=
dern, der in meinem Herzen glühet. — —

Fr. Wikinson. Was Sie an uns gethan
haben, ist ohne Beispiel. — Eine ganze Fa=
milie, die ehemals im Schooße des Glücks;
aber durch Unglück und Bosheit anderer, in die
niedrigste Dürftigkeit, in namenloses Elend ge=
stürzt, — so auf einmal zu retten, — ohne
einen andern Bewegungsgrund, als aus allge=
meiner Menschenliebe. — Ihr überdis noch
eine glückliche Zukunft zu bereiten, ist eine That,
die dieser Insel, ja dem ganzen Königreich un=
vergeßlich, unnachahmlich bleiben wird.

Brocks. Stehen Sie auf. — Um alles
in der Welt nicht diese Stellung, sie erniedri=
get mich selbst. Nur vor Gott allein muß man
knien.

Fr. Wikinson. Sie sind unser Gott auf
Erden. — Ich war als Gattinn und Mutter
verwayßt. — Sie geben mir beides wieder, —
einen Gatten und mein Kind. — Uns allen.
Ehre, Nahrung und Ruhe. — Fühlen Sie,
fühlen Sie, was in diesen Worten liegt!

Brocks.

Brocks. Ich fühl' es, und bin glücklich, daß ich that, was ich thun konnte, was ich thun mußte. [hebt sie mit Gewalt auf] — Und mein Herr, der Sie von einer Handlung so sehr durchdrungen sind, die würklich alles das nicht ist, für was Sie Ihr übertriebener Dank ausschreit; sagen Sie mir aufrichtig: hätten Sie dis alles nicht selbst gethan, wenn Sie an meiner Stelle gewesen wären!

Wilkinson. Ja, mein Herr! — Ja, ich hätte — aber mit wenigern Verdienste. — Ich wußte wie einem Mann in solchen Umständen zu Muthe ist. Ich leide nicht das erste Unglück. — Doch das jetzige war das größte, bitterste, weil mir nun alle Quellen verschlossen waren, die ich ehedessen noch hatte, um mir Hülfe zu schöpfen. —

Brocks. Wenn wir zusammen rechnen sollten, wer am meisten mit dem Unglücke bekannt ist, weiß ich nicht — Genug davon! — Ich that meine Schuldigkeit. — Was fehlt Ihnen, Madame? — warum diese Thränen? — —

　　　　　Fr.

Fr. Wikinson. Sie fliesen für Sie, für meine Kinder! — Sie unser Retter, unser aller Vater; wären heute bald durch unsern Sohn — mich schaudert — wäre dis Unglück vollendet worden. .

Brocks. Ja, es war ein schrecklicher Augenblick! — Hätte die Vorsicht nicht seinen Arm gelenkt, so wärs um mich geschehen. — Sehen Sie hier. — Hier fuhr die Kugel durch, [aufs Fenster zeigend] und hier sängte sie mir das Haar.

Fr. Wikinson. O Gott! Gott! —

Wikinson. Weh mir! Weh mir! — [fällt ihm um den Hals.]

Williams. Das hätte ein Unglück geben können. — Seinen Retter! — O Verzweiflung — —

Brocks. Nun lassen Sies gut seyn. Es ist vorbey, dem Himmel sey Dank! ohn Gefahr! — —

Wikinson. O mein Wohlthäter! — Nicht mein Sohn, — ich, ich wäre Ihr Mörder gewesen.

Brocks.

Brocks. Wie das?

Wikinson. Verzweiflung über mein Elend, meine Schmach, reitzte mich zum Selbstmord! — Eben die unsichtbare Hand, die Sie beschützte, rettete mich. Beyde Pistolen — schon unter die Stirne angesetzt, brannten von der Pfanne. — Williams, mein Schutzengel, entriß sie mir, legte sie beyseite; und mein unglücklicher Sohn, ausser sich, mir Hülfe, bittend oder drohend zu schaffen, — (in Vermuthung daß sie ausgeschossen) nimmt eine, und Ach —

Brocks. Wunderbar! Doch mir sehr angenehm, daß ich ihn unschuldig finde.

Williams. Ja, das ist er. Ein solcher Gedanke konnte nie in sein Herz schleichen, welches das edelste, empfindsamste, tugendhafteste Jünglingsherz ist. — Ich hab ihn, keimen, blühen, wachsen sehen. O der herrliche, treffliche Zweig! — Seelen Seeligkeit verpfände ich für seine Unschuld! —

Fr. Wikinson. (zu seinen Füßen) O vollenden Sie das Uebermaß Ihrer Wohlthaten! —

Er=

Erhalten, retten Sie ihn! — Geben Sie uns unsern Sohn wieder.

Wilkinson. O mein Herr! ich müßte mich sonst selbst verfluchen, wenn er durch mich unglücklich wäre. — Ha! Ich möchte dieses Leben um keinen Preiß mit mir herum schleppen!

Brocks. Seyn Sie ruhig! — Bald hoffe ich Ihnen Ihren Sohn wieder in Ihre Arme zu liefern. — Der Gouverneur soll, und wird mirs nicht abschlagen; — und wollte er grausam seyn, nun, so haben wir Parlament und König.

Wilkinson und **Fr. Wilkinson.** O unser Vater! — Unser Kinder Vater! — [umarmen ihn.]

Williams. Ha! das muß ich unserer Miß hinterbringen. (ab.)

Siebenter Auftritt.

Brocks. Herr Wilkinson. Fr. Wilkinson. Der alte Buchhalter.

Der alte Buchhalter. So ists recht, Das gefällt mir. Nun hier bin ich, — weiß alles.

Brocks.

Brocks. James, rede! — Lebt er? — Sprich!

Der alte Buchhalter. Ja doch. — Hören Sie nur. Auf eine seltsame Art erfuhr ichs. — Kaum kam ich in die Straße, so fand ich über dreißig Menschen, Männer und Weiber, über einen Mann, den sie auf der Erde fast in Stücken rißen. — Ich wollte beyspringen. — Was? schrie Alles! diesem Ungeheuer will er helfen? der den rechtschaffenen Mann unglücklich gemacht hat, ohne den er hätt verhungern müßen. — Der ihn zum Manne gemacht, und weil er ihm, den aufgeblasenen heimtückischen Bettelhund nicht seine Tochter geben, ihn, als einen Schelmen anschwärzen wollte. Das ist der abscheuliche Bänks.

Wilkinson, und Fr. Wilkinson. Bänks?

Der alte Buchhalter. Ja Bänks! — Ich brachte sie doch auseinander, und ließ ihn mehr todt als lebendig in ein Hauß tragen. — Nun fielen die Leute über mich her, umhalßten mich. — Gehört er zu dem reichen morischen Kaufmann, der den Vater und Wohlthäter der

Ar-

Armen gerettet hat? — Wir müßen ihn sehen, auf unsern Händen tragen, seine Füße sollen nie die Erde berühren, weil er uns den lieben rechtschaffenen Herrn Wikinson erhalten hat.

Brocks. [aufschreiend] Wikinson!

Der alte Buchhalter. Ja, dis ist Herr Wikinson.

Brocks. Wikinson! Sie Wikinson? — —

Wikinson. Ja mein Herr! — Ich bin Wikinson. — Woher dieses Erstaunen, diese Freude?

Brocks. Gesegnet sey die Stunde, in der mir der Himmel Gelegenheit darbot, einen Theil meiner Pflicht zu erfüllen. — Geschwind mein Herr, wie befindet sich Ihr theurer Bruder?

Wikinson. Ich hoffe sehr wohl, besser als der seinige. — Er hat überstanden.

Brocks. Was? — Ihr Bru — der tod?

Wikinson. Seit sechs Jahren schon.

Brocks.

Brocks. Welch ein Schlag für mich! — So ist mein vieljähriges Sehnen und Hoffen vernichtet! Alle Freude meines Lebens auf immer dahin! — Fließt ihr Thränen, fließt! — Das einzige Opfer daß ich seiner Asche bringen kann.

Fr. Wikinson. Dieser Schmerz ist ein Beweiß, der vertrautesten, zärtlichsten Freundschaft.

Brocks. Ja Madame! Noch mehr als Freundschaft. Ach! doch seine vortrefliche Gattin, das Muster ihres Geschlechts, der Natur Meisterstück, und ihre liebenswürdigen Kinder, leben doch noch?

Wikinson. Wie mein Herr? — hier muß ein Mißverstand seyn. Mein Bruder war nie verheurathet.

Brocks. Was? nie verheurathet? — Ich habe manche seelige Stunde in seiner liebsten Gemahlin Gesellschaft genossen, ihre kleinen Engelchens auf meinen Armen getragen, geküßt.

Fr.

Fr. Wilkinson. Ich begreife nicht. — Sollte er —

Wilkinson. Mein Herr, ich kenne Niemanden unter meinem Namen, als uns zwey Brüder, und weiß auch gewiß daß mein Bruder nie verehligt war.

Brocks. Auch ich weiß nur von zweien. — Beyde Kaufleute. Der jüngste hier, und sein älterer Bruder in London wohnhaft.

Wilkinson. Ganz recht! Der jüngste eben ist tod, und hinterließ mir sein Vermögen.

Brocks. Was? Sie wären — —

Wilkinson. Der ältere Bruder.

Brocks. Karl Adolf Wilkinson, aus London?

Wilkinson. Karl Adolf Wilkinson, aus London! —

Brocks. O Gott! O mein theuerster! (will ihn umarmen, hält aber plötzlich ein) Noch nicht! — Ich muß mich erst von meinem begangenen Laster reinigen. — Ha, ist jemals eine Freude der meinigen gleich gewesen!

Wilkin-

Wikinson. Was ist Ihnen, mein Herr?

Brocks. Erinnern Sie sich noch ver 20 Jahren, jenes verkappten Räubers, der Ihnen mit Hülfe eines zweiten, auf Ihrem Rückwege von der Börse, 6000 Pfund Banconoten entwendete?

Wikinson. O ja! — Ich erinnere mich mit Schmerzen. — Es war die Strafe für meine Hartherzigkeit, an meinem Freunde Wandrop, — der bald eine größere, ein selbst eigener Banquerott nachfolgte.

Brocks. Nun dann! (zu seinen Füßen) Dieser Räuber, war — ich —

Der alte Buchhalter. Und ich der Gehülfe! — Eben weil ich Sie für zu hartherzig und grausam hielt; weil Sie meinen armen Herrn nicht retten wollten, — rieth ich ihm zu diesem bösen Unternehmen. — Verzeihen Sie mir!

Fr. Wikinson. Was sagst Du, Deinem Herrn? — Wärs möglich! — welchem Herrn? —

Buch·

Buchhalter. Hier meinen ehmaligen und noch jetzigen Herrn, den ich nie verließ, den Herrn Wandrop.

Wikinson und **Fr. Wikinson.** Wandrop?

Der alte Wandrop. Dein unwürdiger Freund! Wandrop, ich — —

Wikinson und **Fr. Wikinson.** Wandrop (fallen über ihn her, heben ihn auf, und drücken ihn an ihre Herzen.) Wandrop — Du mein Freund! mein Schwager! den ich verließ? — den wir so lange beweinten? —

Der alte Wandrop. Könnt Ihr mir verzeihen.

Wikinson. Verzeihen, Dir? kannst Du mir verzeihen?

Fr. Wikinson. Unser Retter, der uns hundertfältig wieder gab. — O mein theuerster, zärtlichster Freund! — Ich kann meine Freude nicht ausdrücken!

Wikinson. Heil uns, heiliger, festlicher Tag! — O Wonne, Entzücken ohne Vergleichung! — O mein Wandrop! —

Der

Der alte Wandrop. Nun lege ich meine Reichthümer zu Deinen Füßen, nur für Dich hab ich sie erworben. — Sie sind Dein, das war mein einziger Wunsch, nebst dem, den ich der Natur schuldig bin. — O mein bester Karl! meine unglückliche Gattin und Kinder, die ich verließ, elend machte. — Sie leben doch alle? — Barmherziger Gott, Du entfärbst Dich? — Schweigst? — Sie ist tod meine Gattin?

Wikinson. Tröste Dich! — der Verlust von sechs Kindern brach ihr Mutterherz; im dritten Jahr nach Deiner Abreise folgte sie ihnen.

Der alte Wandrop. Ha, tod! — Mein unglückliches, durch mich unglückliches Weib ist dahin. — Ich war ihr Mörder, meiner sechs Kinder Mörder. — Ha, Verruchter! Und du lebst? —

Fr. Wikinson. Mäßigen Sie Ihren Schmerz, der bringt sie nicht wieder zurück. — Sie war immer schwächlich, auch zur Zeit Ihres Hierseyns schon. — Sie hätten sie doch nicht lange behalten. Leben Sie, und ehren Sie ihr Andenken, in einem hoffnungsvollen Sohne.

Der

Der alte Wandrop. Mein Sohn? Georg
oder Richard?

Fr. Wikinson. Georg, der — —

Wikinson. (winkt seiner Frau) Das Eben=
bild seiner Mutter.

Der alte Wandrop. Führt mich in seine
Arme, da meinen Jammer auszuschütten;
durch meine Reue seine Verzeihung zu erbitten.

Wikinson. Bald sollst Du ihn haben —
er ist — verreißt. Kömmt vielleicht heute
noch — O mein liebes Kind, auch unser Sohn
ist gerettet; Murray kanns Dir nicht abschla=
gen. — Murray, Dein ehmaliger Freund,
hier jetzt unser Gouverneur —

Der alte Wandrop. Murray hier Gou=
verneur? — Nun, wohl, Dein Sohn ist nun
gewiß frey. — Ich weiß ein Mittel. — Ach,
ich könnte mich freuen, wenn mein Verlust nicht
so unersetzlich wäre. — Kommt laßt mich an
Euren Herzen ausweinen. O meine Gattin!
meine Kinder! — (Alle gehen ab.)

Ende des vierten Aufzugs.

Fünfter

Fünfter Aufzug.

Die Bühne stellt ein Gefängniß vor, mit einer brennenden Lampe. Es ist Nacht.

Erster Auftritt.

Miß Wilhelmine. John [mit einer Blend-laterne. Wilhelmine in einem weissen Kleid, mit Saluppe und Kappe.]

John.

Da wären wir! — Was eine Guinee aus-würken kann! — Aber machen Sie es kurz, Miß! daß wir fort kommen. Die Nacht muß uns ein guter Vorsprung seyn. — Ich will vor der Thüre warten. [ab.]

Miß Wikinson [sieht sich um.] Wie fürch-terlich es hier aussieht, wie im Grabe. — Zu einer andern Zeit möchte ich für keinen Preiß hier seyn. — — O Liebe! was für ein ge-waltiger Trieb bist du! — Ach, Georg! — wenn er nicht wollte! — Georg! —

H 2   Zwey-

Zweyter Auftritt.

Miß Wilhelmine. Der junge Wandrop.

Wandrop [inwendig] Welche sanfte Stimme ruft mich? wie Engels Töne — [kömmt heraus] Was seh ich! — Träume ich? oder ists Blendwerk?

Wilhelmine. Nein Würklichkeit! — Ich bins, mein Georg, Deine Minna!

Wandrop. Minna! Du bists, Minna! [in ihre Arme fliehend.]

Wilhelmine. Mäßige Dein Feuer, es könnte uns verrathen. — Niemand weiß darum als John, und ein Wächter, mit wilder Miene, und doch gutem Herzen.

Wandrop. Du in meinen Armen! Minna! — O Entzücken!

Wilhelmine. Aber von kurzer Dauer, nur von wenigen Minuten. — O, mein Georg! — Wie unglücklich sind wir. — —

Wandrop. In diesem Augenblick bin ich im Himmel. — Laß kommen, was kommen kann.

kann, ich biethe allem Troß! — Diese Umar=
mung versüßt alle künftigen Qualen! — Könnt
ich meine Seele Dir mit einem Kuß einhau=
chen! — —

Wilhelmine. Dann würde sich meine See=
le fest an die deinige anketten, und so vereint
in jene Welt überfliegen! Ach der Tod wäre
Trost, Befreiung; ach!

Wandrop. Trost, Befreiung der Tod?
Wie Minna!

Wilhelmine. So barmherzig ist man
nicht! — Stärkere, langsamere Qualen sind
für uns ausgedacht. — Der Teufel der Geil=
heit und Eifersucht erfand sie. — Wir sollen
unser Leben, wie ein unheilbares Fieber, mit
uns herum schleppen; bis nagender Gram un=
sere Herzen verzehrt. — Höre dis schreckliche
Wort! — Trennung! Georg! Trennung!

Wandrop. Trennung ohne Tod?

Wilhelmine. Mir bestimmt man ein rei=
ches Brautbette, und Dir Verbannung unter
dem Deckmantel Freiheit. — Nun Georg!
willst Du mein Brautführer seyn, mich selbst

in

in die kalten Arme eines verwelkten Wollüst=
lings, Deines Henkers führen?

Wandrop. Bey Gott nicht! Deiner El=
tern Rettung wegen hätt' ich dieses Todesurtheil
der Liebe unterschrieben. — Aber nun um den
Preiß meines Lebens, sollt' ichs auch in langsa=
men Martern verröcheln, nicht einen Druck auf
deinen treuen Mund; Minna! — Mich leben
lassen, von Dir getrennt, Dich in eines andern
Armen zu wissen! — Ich werde rasend!

Wilhelmine. Sey ruhig! mein Lieber.—
Darum bin ich hier, um den schändlichen An=
schlag zu zernichten. Trennung und Tren=
nung. — Ein Wort. Einerley Buchstaben.
Aber so verschieden in Bedeutung, wie Tod und
Leben.

Wandrop. Du schwärmst!

Wilhelmine. Nein, Georg. Nie war
mein Verstand richtiger, erfinderischer und würk=
samer; — Wir wollen uns trennen, um bald
und auf ewig wieder vereint zu werden. Bist
Du in Freiheit, so soll und kann mich nichts
zwingen. — Hier, mein Liebster! (zieht unter
ihrem

ihrer Saluppe einen Weiberrock vor) Siehe, dis
soll einst bey unserer Wiedervereinigung mein
Brautrock seyn. — Um die Ecke steht eine Kut=
sche, die bringt Dich an Hafen. — Du fliehst
mit einem bereitliegenden Schiffe nach Frank=
reich. — Es ist Nacht, man wird Dich hier
in diesem Hause vor mich ansehen. — Ich blei=
be für Dich hier, und morgen bist Du aller
Verfolgung entflohn. — Dann meldest Du mir
Deine Ankunft, Deinen Aufenthalt, und ich
fliehe auf den Fittigen der Liebe in Deine Ar=
me. — Hier, dis sey Dein Zehrpfennig! Ich
sparte es auf ein Hochzeitgeschenke für Dich.
[giebt ihm einen Beutel und Juwelen] Hier, nimm
dis. Geschwinde! — und dieser Ring, dieses
Bild, Deiner Minna Portrait, fessele und stär=
ke Dich in treuer Liebe.

Wandrop. Minna! wo sind Deine Sin=
nen? — Welcher Vorschlag! Ich sollte fliehen,
Dich in den Händen meines Todfeindes, meines
Richters zurück lassen! Alle der Strafe unter=
werfen, die mir bevorsteht! — So was kannst
Du meinem Herzen zutrauen?

Wilhel-

Wilhelmine. Welche Vorstellungen! — Wer kann mich strafen? — Diese That wird der Triumph der Liebe seyn. — Jedes Mädchen wird mich um den Einfall beneiden. — Die Richter werden mich bewundern, und meine Eltern seegnen.

Wandrop. Und mich verachten!

Wilhelmine. So liebst Du mich nicht, Grausamer!

Wandrop. O meine Minna, über alles!

Wilhelmine. Und willst mich fremden Armen überlassen?

Wandrop. Nimms zurück dieses Wort! Höllenmarter liegt darinnen. Dich fremden Armen überlassen?

Wilhelmine. Dennoch müßtest Du, um Deine Freiheit zu erkaufen. — Ich bin der einzige Preiß derselben. Du kennst die Chikane boshafter Richter noch nicht genug. Nichts kann sie beugen, als Befriedigung ihres Willens.

Wan=

Wandrop. O Minna! Du durchbohrst mir das Herz!

Wilhelmine. Und Du zerfleischest das meinige, wenn Du meinen Vorschlag nicht befolgst. O Georg, ich beschwöre Dich auf meinen Knien, bey der seeligen Wonne unsrer Liebe; bey dem unwiderruflichen Gelübde unserer Treue, rette Dich! — —

Wandrop. O Minna, ich kann nicht!

John [kömmt herein] O liebste Miß! es ist Zeit, man könnte uns überraschen.

Wilhelmine. Nur noch einige Augenblicke. — Wandrop! — zu Deinen Füssen beschwör ich Dich, — rette Dich — rette Deine Minna!

Wandrop. Laß mich! —

Wilhelmine. Nun dann! — [aufspringend, zieht einen Dolch, setzt ihn sich auf die Brust] keinen Schritt näher, oder bey Gott, ich drück ihn ins Herz. — Entweder meinen Tod zu deinen Füssen, oder Deine Flucht. — Sprich! — Ein Wort entscheidets. — Dann soll Dich die

Welt

Welt verachten, meine Eltern Dich als meinen Mörder verfluchen, und die Henkersbühne alsdann Dein Hochzeitbette seyn.

Wandrop. Halt! ich will. —

Wilhelmine. Schwör mir! — Eine Hand auf Dein Herz, die andere zum Himmel empor gestreckt, und so schwör bey dem gerechten Richter Himmels und der Erden, bey Deinem künftigen Seelenheil — —

Wandrop. Minna!

Wilhelmine. Schwöre! —

Wandrop. Es sey denn. — Ich schwöre. [mit bebender Stimme.]

Wilhelmine. Nun so bist Du mein Georg, bald mein Gemahl. — Geschwind wirf den Rock über.

John [hilft ihn anziehen] Hurtig, hurtig!

Wilhelmine [legt ihm den Mantel um und setzt ihm die Kappe auf] Nun fort! — Du wirst alles finden. John wird Dich begleiten. Fort! Da diesen Kuß zum Abschiede, bald sehn wir uns wieder.

John

John [steckt den Dolch ein.]

Wandrop [Sie drückend] O Minna! Engel!

Wilhelmine. Fort! [führt ihn mit Johns Hülfe zur Thüre hinaus; nach einem Kuß] Leb wohl! [schlägt die Thüre zu] Gott lob, es gelang mir! — Ihr Schutzgeister der Liebe begleitet ihn! [geht rechts hinein zur Seite, wo Wandrop heraus kam.]

Dritter Auftritt.
[Des Gouverneurs Zimmer.]

Der Gouverneur, die Gerichtsperson.

Gouverneur [mit dem Protokoll in der Hand] Mir alles allein überlassen?

Gerichtsperson. Alle Stimmen waren zu seiner Befreiung. — Man schätzt die Wikinsonische Familie viel zu sehr. — Und Herr Gouverneur, ich fürchte, es dürfte noch unangenehme Folgen geben. — Bänks trauriges Schicksal könnte vielleicht der Vorbothe zu einem weit bedenklichern Auftritte seyn. — Der Pöbel ist schwierig: steckt die Köpfe zusammen!

Eini=

Einige gar haben mich ziemlich trotzig ange=
schrien: Herr! kommt der brave Junge heute
noch in Freiheit? — Ich bejahte es. — Ent=
schließen Sie sich, und beugen Sie vor.

Gouverneur. Ich war schon entschlossen,
(schreibt) Hier haben Sie, und bringen Sie ihn
her.

Gerichtsperson. Nun sind Sie der ge=
rechte und verzeihende Richter! — Ich eile,
bald bin ich wieder hier.

(ab.)

Vierter Auftritt.

Gouverneur allein.

Ich will mir keine weitere Vorwürfe zuzie=
hen. Was ich als Liebhaber thun wollte, will
ich nun als Vater thun. — Er soll mein Sohn
seyn, die Hälfte meines Vermögens haben, da
ich doch keine Hoffnung mehr habe, meine Toch=
ter wieder zu sehen. Alter Thor! bald hätte
die Liebe dich zum Unmenschen gemacht. —
Wenn man deine Tochter so quälen sollte, und
du müßtest es mit ansehn, wie würde dir das
schmecken? He? Auf einmal ist mirs wieder
leich=

leichte. S'ift doch nichts beſſer, als ein ehrli=
cher Mann zu ſeyn! — Nichts ſüſſer, als ein
gut Gewiſſen zu haben. [will abgehen.]

Fünfter Auftritt.

Fr. Wikinſon. Williams. Gouverneur.

Fr. Wikinſon. [ſtürzt wild herein, faſt den
Gouverneur bey der Hand.] Halt Barbar! Willſt
Du Dich zum Abſcheu der Welt machen? den
gerechten Fluch der ganzen Menſchheit auf Dich
laden? Laſter und Schandthaten ohne Zahl auf
Deine Seele wälzen? — Mißbrauchſt Du
gleich Deine Gewalt hie nieden, indem Du die
Würde, die Du bekleideſt, und die Dir nur ge=
geben ward, bewieſene Verbrechen zu ſtrafen,
gekränkte Unſchuld zu ſchützen und Unglückliche
zu ſtützen — Entehreſt, denjenigen der ſie Dir
mittheilte, beſchimpfſt! Zittre vor jenem Rich=
ter, vor deſſen alldurchdringlichem Auge, auch
nicht die kleinſte Mißethat verborgen bleibt.
Sein Donner wird Dich zeitig genug ereilen! —
Er iſt ein zürnender Rächer verfolgter Unſchuld
und Tugend.

Wil=

Williams. Mäßigen Sie sich!

Fr. Wilkinson. Ich soll mich mäßigen, da man mir das Messer an die Brust setzt?

Gouverneur. Madam! Warum diese unhöfliche Begegnung? diese tobende Sprache? — Bedenken Sie, wo Sie sind! —

Fr. Wilkinson. Bedenken wo ich bin? Bey dem scheußlichsten Tyrannen, bey einem grausamen, heimtückischen Wohllüstling, dem zu Befriedigung seiner teuflischen Begierden, keine Schandthat zu gering ist! — Aber, zittere! Du sollst die Frucht Deiner höllischen Cabale nicht geniessen. — Ich will Himmel und Erde, und alle Elemente in Bewegung setzen. — Mit ausgebreiteten Armen, zerrauften Haaren, wie eine ergrimmte Löwin, der man ihre Junge rauben will, will ich Gasse vor Gasse, Haus vor Haus, Winkel vor Winkel, durchrasen. Durch mein Jammern und Heulen jede Menschenbrust, schaudern machen, daß meine Verzweiflung von jeder Mauer fürchterlich zurück prallen soll. — Der wüthende Pöbel zu meinem rächenden Beistand, herzu geschreckt,

soll

soll Dich in Stücken reißen, daß Dein schwar=
zes, zerrißenes Herz, ein Gegenstand des
Entsetzens und Ekels für jedes Menschenauge
seyn soll. — O! Du kennst den wüthenden
Schmerz einer bis zur Raserey gezwungenen
Mutter noch nicht — —

Gouverneur. Madam! kein Wunder,
wenn mich Ihre Raserey ansteckte, und zu glei=
cher Wuth reizte! — Mich so zu mißhandeln! —
[zu Williams] Was will sie? — sprich! — —

Williams. Ach mein Herr! — verzeihen
Sie ihr diesen wilden Ausbruch des Schmer=
zens. — Der Verlust ihrer Tochter — —

Fr. Wilkinson. Der Verlust! — Ha!
gieb dem Kinde den rechten Namen! der
schändliche Raub meiner Tochter! — Weißt
Du, wer einer Mutter ihr einziges Kind raubt,
reißt ihr das mütterliche Herz mit aus dem Lei=
be. — Und das thatst Du! — Ha! — gieb
mir sie wieder, arglistiger Räuber, gieb mir sie
wieder, oder — —

Gouverneur. Ihre Tochter! — Mada=
me! — Ich verstehe nicht was Sie wollen. —
Ihre Sinnen — —

Sechster Auftritt.

Der alte Wandrop. Wikinson. See=
officier. Vorige.

Der alte Wandrop. Verzeihen Sie mein
Herr, daß ich — Was ist das?

Wikinson. Meine Beste, was fehlt Dir?
Du scheinst ausser Dir zu seyn. — Sey ruhig,
Du sollst Deinen Georg bald wieder haben — —

Fr. Wikinson. Meinen Georg bald wieder
haben? — Gib mir erst meine Tochter wieder! —

Wikinson. Tochter? unsre Tochter? —
Wie das? — Sprich!

Fr. Wikinson. Ja, meine, Deine Toch=
ter. Hier bey dem Mann kannst Du sie er=
fragen, er ist ihr Räuber!

Wikinson und der alte Wandrop.
Was? — Herr Gouverneur!

Der

Der alte Wandrop. Ich will nicht hoffen. — Fürchten Sie üble Folgen! — Es giebt eine noch höhere Gewalt, der Sie Rechenschaft zu geben haben.

Gouverneur. [mit Stolz] Auch Sie, und alle, die sich erkühnen meinen Rang, meine Würde zu entehren. — Nun hab ich endlich Beleidigungen genug eingesteckt. — He! Wache!

Seeofficier. Mein Herr Gouverneur! — Ich verehre Ihre Würde und Ihren Rang, aber ich bin auch bereit, bis auf den letzten Blutstropfen diesen Herrn zu schützen. Die im Hafen liegende Fregatte, welche der Gouverneur von Bengalen, unter dem Sie selbst einigermaßen stehen, diesem Herrn zur Convoye seiner Schiffe mitgab, ist gut bemannt, und es dürfte, wenn Sie Ihr Ansehen und Ihre Gewalt mißbrauchen, ein blutiges Gefechte geben.

Gouverneur. Das ich nicht zu fürchten habe. Sie selbst, als ein königlicher Officier, müßen mich um unverdienter Beleidigungen schützen. — Diese Frau stürzt raßend ins Zimmer,

I

mer, überhäuft mich mit Schmähungen, ohne
zu wissen, warum?

Fr. Wilkinson. Ohne zu wissen? — — —

Wilkinson. Ruhig meine Beste! Williams!
weist Du etwas darum? Rede!

Williams. Herr, einer Mutter ist der
Schmerz wenn er auch ausschweift, zu ver=
zeihn. — Ich eilte der Miß die Hofnung zu
verkündigen, ihren Bräutigam wieder zu erhal=
ten. — Fand sie aber nicht zu Hause, — bald
drauf, kam Madame — —

Fr. Wilkinson. Ha, es ahndete mir!

Williams. Wir liefen — auf der Straße
erfuhren wir, sie wäre nach dem Gefängniß
zu gelaufen.

Fr. Wilkinson. Ihm recht ins Netz! —

Wilkinson. Still, meine Beste!

Williams. Wir eilen dahin, und erfah=
ren, daß ein Frauenzimmer aus dem Hause ge=
kommen, sich mit einer Mannsperson an der
Ecke in Wagen gesetzt, und zum Thore hinaus
gefah=

gefahren sey. — Daß man eine klägliche Stimme aus dem Wagen gehört habe.

Der alte Wandrop. Herr Gouverneur, wie können Sie sich des Verdachts entledigen?

Wilkinson. Dieser Mann lügt nicht. — Sollte es möglich seyn, Herr — —

Gouverneur. Bey der Würde, dieses Degens, schwör ich, ich bin an diesem Wirrwar unschuldig! — Ich will sogleich untersuchen lassen. — He! — [geht an die Thür] Der Kanzellist soll kommen! [indem treten herein]

Siebenter Auftritt.

Die Gerichtsperson. Hinter ihm Wilhelmine. **Vorige.**

[Wilhelmine folgt ruhig und entschlossen mit übereinander geschlungenen Armen.]

Gerichtsperson. Hier bring ich ihnen den Gefangenen, den wir im Gefängniße fanden.

Zug eich. {

Alte Wandrop und Gouverneur. Was seh ich?

Hr. u. Fr. Wilkinson. Wilhelmine!

Williams. Unsere Miß!

Wil=

Wilhelmine. Ja, ich bins! Was staunt man mich so an? ist es so was seltenes, daß ein zärtlich verliebtes Mädchen, eine männliche Handlung begangen hat? — Ja, mein Herr! ich habs gethan, ich freue mich über Ihre Verwunderung. — Ein Weib hat Ihre Cabale vernichtet. — Ich habe ihn Deiner Arglist entrückt; im Weiberrock ist er Dir entflohn. Brauche Deine Gewalt gegen mich. — Peinige, martre mich wie Du willst! — Mein Leben kannst Du haben, aber nie mein Herz und meine Hand!

Gouverneur und der alte Wandrop. Welch ein Mädgen!

Herr und Fr. Wikinson. [in ihre Arme fliehend] Meine Tochter!

Wilhelmine. Verzeihen Sie mir, ich muste ihn retten.

Die Eltern. Dir verzeihen? Du Stolz, der Ruhm der Eltern! (sie küssend)

Gouverneur. Eine schöne, eine große That! — Nun Madame! verdiene ich Ihre Schmähungen? Ihre Vorwürfe?

Fr.

Fr. Wilkinson. Verzeihen Sie der verzweifelten Mutter, des einzigen, und eines solchen Kindes Mutter.

Gouverneur. Von Herzen, alles Madam um einer solchen Tochter, — Verzeihen Sie auch nur meine thörichte Leidenschaft, um dieser Tochter willen. Meine Entschuldigung liegt selbst in der Größe ihrer Seele. Wer um ein solches Mädgen nicht zum Narren werden kann, muß keine Sinnen, kein Gefühl haben. O, könnt ich sie nur vollkommen glücklich machen! — Wo ist er hingeflohn, der glücklichste der Menschen? — Welch ein Geräusch?

Achter Auftritt.

Sergeant. Der junge Wandrop. Vorige.

Sergeant. Gnädigster Gouverneur, da haben wir den Deserteur wieder aufgefischt. Er stack in Weibskleidern. (legt die Kleider hin.)

(Der junge Wandrop tritt ein und stutzt.)

J 3 Wil

Wilhelmine. Georg, was haſt Du ge= macht? Fort! fort!

Herr und Fr. Wikinſon. Mein Sohn!

J. Wandrop. Nein Minna! — nim= mermehr! Ich überlegte meine Uebereilung, kehrte ſelbſt in die Hände der Gerechtigkeit zu= rück, um Dich zu befreien — Ich war be= räubt —

Wilhelmine. Ha Grauſamer!

Wikinſon. Herr Gouverneur! — Geben Sie mir meinen Sohn wieder.

Fr. Wikinſon. Vollenden Sie Ihre Groß= muth! machen Sie beide glücklich.

Der alte Wandrop. Ich bürge mit mei= nem Vermögen für Alles, bis zum Ausgang des Proceſſes! Werde beim Parlament und beim Könige Ihre gütbige Nachſicht zu rechtfertigen wiſſen.

Gouverneur. (zur Gerichtsperſon) Reden Sie, mein Herr!

Gerichts-

Gerichtsperson. Schon vorher hatte der Herr Gouverneur seine gänzliche Befreyung unterschrieben. — Ihre glückliche Vereinigung beschlossen. — Er kannte seine Schwach) — —

Gouverneur. Narrheit, sagen Sie nur gerade heraus. — Wer gefehlt hat, muß sich auch nicht schämen seinen Fehler zu gestehn. — Ich wundre mich selbst, daß ich ihn begehen konnte. Wohl wahr! wenn sie das Herz eines alten Graukopfs behext, so begeht er grössere Thorheit, als ein brausender Jüngling! — Verzeiht mir, und seyd glücklich miteinander. — Nun will ich Euer Vater seyn, das wird mich besser kleiden.

J. Wandrop. Gnädiger Herr! ist das Ernst?

Wilhelmine. Georg! Mein Liebster! — So wären wir vereint, glücklich?

J. Wandrop. Minna, träum ich? bin ich im Himmel? — Du mein?

Wilhelmine. Ja, mein Bräutigam, Dein, auf ewig Dein!

Der

Der alte Wandrop. Was? der Bräutigam seiner Schwester?

J. Wandrop. O gnädiger Herr! [zu Wikinson] Vater, Mutter, Ihren Seegen.

Fr. Wikinson. Den habt Ihr meine Kinder, den reichsten Seegen. — Aber nun mein Sohn, bitte auch mit Deiner Minna, um den Seegen Deines Vaters!

J. Wandrop. Meines Vaters! — [zum Gouverneur] Ja, Sie wollen gnädiger Herr! —

Fr. Wikinson. Nein, hier ist Dein wahrer Vater, der Dir das Leben gab — [auf den alten Wandrop zeigend.]

Der alte Wandrop. Wie?

Wikinson. Ja mein Bruder! — Dies ist Dein Georg, Dein Sohn. — Dies Dein Vater, den wir so lange beweint haben. —

J. Wandrop. Er, mein Vater!

Alte Wandrop. Wie? Bruder! — ja Du bists — die Züge Deiner Mutter — O mein Sohn, mein Sohn! —

J. Wan-

J. Wandrop. Mein Vater! [nehmen sich in die Armen.] — —⸱⸱

Gouverneur. Wie, wie? das wäre der alte Wandrop?

Wikinſon. Ja, Herr Gouverneur, Ihr Freund Wandrop, der aus Londen floh, verlaſſen herum irrte, ſein Glück zu ſuchen; — In 14 jähriger Sklaverey ſo viel gelitten, und nun ſo glücklich und reich in die Arme der Seinigen zurück kehrt.

Gouverneur. O, mein alter Freund!

Alte Wandrop. Laßt mich! — Erſt der Natur ihren Zoll. O mein Sohn! Ich hab' dich wieder nach 20 Jahren, (dieſe Seeligkeit konnt ich kaum träumen) und nun in Deinen Armen! —

J. Wandrop. O mein Vater! — Sie, Sie [er ſchaudert] — heute bald von meiner Hand ermordet! — Ha! ich taumle —

Alte Wandrop. Schrecklich! — doch weg mit der Erinnerung. Gott wandte es ab, und macht' uns davor unausſprechlich glücklich.

K

Mutter

Mutter, Gattinn, sieh herab auf mein Entzü=
cken! Könntest du es mit genießen! du fehlst
mir nur.

Fr. Wikinson. Sie siehts aus der Him=
melssphäre, und lächelt euch Himmelsseegen
herab.

Wilhelmine. Sie, der Vater meines
Georgs? O, so sind Sie auch wohl mein Va=
ter?

Alte Wandrop. Wär' ich Herr der Welt,
würde ich stolz seyn; der Vater eines solchen
Kindes zu seyn. [umarmt sie] Hier, hier hast
Du Sohn und Vater! —

J. Wandrop. Ha! Vater und Brant
in meinen Armen!

Alte Wandrop. Nun Bruder! Schwe=
ster! welches Glück! — Hier bin ich, Euer
glückliches Geschöpfe.

Wikinson. Du giebst mir alles wieder,
was ich Dir gab! —

Fr. Wikinson. Und nun liebster Bruder,
das Letzte.

Alte

Alte Wandrop. Ja recht! liebe Schwe=
ster! — [Winkt dem Seeofficier, der abgeht.]
Jetzt komm her, alter Freund Murray! — Du
weinst, alter Soldat? — fühlst das seelige
Entzücken eines glücklichen Vaters theilnehmend.
Küsse mich; und nun zum Lohn Deiner Liebe,
fühl 's auch würklich. Ich bracht' Dir auch
was mit! Nimm, sey so glücklich wie ich!
[giebt ihm seine Tochter mit dem kleinen Mohren, die
der Officier herein geführt hatte.]

Lady Johanna. O! mein Vater! hier
haben Sie Ihre verlohrne Tochter wieder.

Gouverneur. Wär's möglich? — Du
mein Hannchen? — mein Kind! — Gütiger
Himmel! Du wieder in meinen Armen? O mei=
ne Tochter! meine Tochter! — 14 Jahre oh=
ne Aussicht, ohne Hoffnung, Dich je wieder zu
finden durchseufzt, hab' ich Dich jetzt wieder!
Durch welches Wunderwerk?

Lady Johanna. Der reiche junge Mula
raubte mich im Garten; brachte mich 160 Mei=
len in's Land Bakar. Zwang, Todesfurcht —
seine Hoffnung zur Erlösung machten mich zu

sei=

seiner Gattinn. Vor einem Jahr, ward ich durch seinen Tod Erbinn großer Reichthümer. — Hier mein Befreier kam ins Land. — Ich erfuhr, daß er mein Landsmann sey. Unter dem Namen seiner Tochter rettete er mich, und bringt mich nun in Ihre Arme zurück. — Hier mache ich Sie zugleich zum Großvater! —

Der kleine Mohr. Mutter! — Ist das der weiße Vater, dem Du mich schenken willst?

Lady Johanna. Ja, kleiner Mula.

Gouverneur. Komm, kleiner Schwarzkopf! (küßt ihn.) Himmel! Vater und Großvater, und das hab' ich alles Dir zu danken, Wandrop! (drückt ihn an sich) Verzeiht mir, Lieben, und liebt mich! wir wollen nur eine Familie seyn. O meine Tochter! — Du kleine Puppe, ich kann mich nicht satt an Euch küssen. — — Madam, Freund, Bruder, Wilkinson — — Ach! was das für ein Tag ist.

Williams. Als wenn wir im Feen Lande lebten.

Gerichtsperson. Ja, wahrlich! — seltene Entdeckungen.

Gouver-

Gouverneur. Sie sind Schuld, daß ich diese glückliche Scene verdiene. (küßt ihn) Nachher mehr davon.

Wilkinson. Sie sollen an uns allen dankbare Freunde finden, rechtschaffener Mann. — Auch Du John mit deiner Betty. Ich weiß alles.

Gerichtsperson. Ihr allerseitiges Glück macht mich mit glücklich!

Gouverneur. Nun Braut und Bräutigam, vergeßt meine Thorheit und Beleidigung. Ihr müßt Bruder und Schwester meiner Tochter seyn.

J. Wandrop ·und Wilhelmine. Mit Freuden! — (sie küssen sie.)

Lady Johanna. Ihre Liebe soll mein Stolz seyn.

Gouverneur. Und Ihr alle seyd Pathen bey meinem schwarzen Jungen da. — O Wandrop! Wandrop! — Du mußt bey mir bleiben, unsre Vereinigung soll uns Tage des Himmels gewähren.

Alte

Alte Wandrop. Nein, das kann ich nicht, ich muß zur Grabstätte meiner Gattinn, meiner Kinder. — Konnt ich mich hier nicht wieder mit ihnen vereinigen, so solls im Grabe seyn.—

Gouverneur. So folg ich Euch bald nach London. — Würke Du mir meine Entlassung aus. — Ich muß bey Euch wohnen.

Alte Wandrop. Das will ich. Kommt, meine Kinder, meine Freunde! — Sie meine Schwester, Ebenbild meiner Gattinn!— Heute wollen wir uns im Stillen unsrer Glückseligkeit freuen. Morgen aber mit inbrünstiger Andacht Eure Verlobung feiern, und ein Dankfest halten, um den Allvater der Wesen für unser ausgestandnes Leiden und für diese seelige Wiedervereinigung zu preisen. Wohlthaten und andere Denkmähler sollen diesen Tag unvergeßlich machen; und dann wollen wir in frommer Einnacht in unserer Vaterstadt den Rest unsers Lebens mit unsrer Kinder Glück beschäftiget, froh durchleben, bis wir einst in seeligere Gefilde abgerufen werden, wo alle Trennung und alle Leiden aufhören.

Ende des fünften und letzten Aufzugs.

www.ingramcontent.com/pod-product-compliance
Lightning Source LLC
Chambersburg PA
CBHW021132020726
47500CB00003B/1039